Inoubliable passion

HEIDI RICE

Inoubliable passion

AZUR

HARLEQUIN

Collection : Azur

Titre original :
THE CEO'S IMPOSSIBLE HEIR

HARPERCOLLINS FRANCE
83-85, boulevard Vincent-Auriol, 75646 PARIS CEDEX 13
Service Lectrices — Tél. : 01 45 82 47 47 - www.harlequin.fr
ISBN 978-2-2804-7547-1 — ISSN 0993-4448

Composé et édité par HarperCollins France.
Imprimé en août 2022 par CPI Black Print (Barcelone)
en utilisant 100% d'électricité renouvelable.
Dépôt légal : septembre 2022.

FSC
www.fsc.org
MIXTE
Papier issu de sources responsables
FSC® C159065

Pour limiter l'empreinte environnementale de ses livres, HarperCollins France s'engage à n'utiliser que du papier fabriqué à partir de bois provenant de forêts gérées durablement et de manière responsable.

1.

Cinq minutes après l'atterrissage de son hélicoptère sur la côte Ouest irlandaise, Ross De Courtney fit son entrée dans la chapelle située sur l'imposante propriété de son futur beau-frère. Une foule d'invités se pressait dans l'antique édifice illuminé et décoré de fleurs d'hiver au parfum exquis.

Futur beau-frère, sûrement pas !

Quelques personnes le regardèrent remonter l'allée centrale en direction de l'heureux couple qui allait prononcer ses vœux : le marié portait un élégant costume anthracite, et la future épouse – la trop douce et trop confiante sœur de Ross, Katie –, une robe blanche de dentelle et de soie tout en fluidité.

Les pas de Ross résonnaient bruyamment sur le sol en pierre, mais il n'entendait que la colère qui grondait dans sa poitrine et les battements désordonnés de son cœur.

Katie lui avait demandé la veille, par texto, de ne pas assister à la cérémonie. Pour la première fois depuis des mois, elle daignait lui répondre. Apparemment, elle avait « quelque chose à lui communiquer » – quelque chose d'important qui requérait tact et délicatesse. Cela concernait son nouveau fiancé, le milliardaire irlandais Conall O'Riordan que Ross avait rencontré une seule fois, cinq mois plus tôt, à l'opéra de Londres.

Tact et délicatesse, sûrement pas !

Ce type était une brute, un manipulateur sans pitié, tout comme le premier mari de Katie qu'elle avait épousé à dix-neuf ans alors qu'il n'avait plus que quelques semaines à vivre. Ross avait alors eu le tort de s'opposer au mariage de sa sœur avec ce Tom et de tenir bon jusqu'à ce qu'elle retrouve la raison, ce qui ne s'était jamais produit car elle était bien trop romantique. Elle avait donc épousé Tom, il était mort, et Katie et son frère ne s'étaient plus parlé pendant cinq ans jusqu'à cette fameuse soirée à l'opéra, en décembre, quand ce fiancé irlandais que Ross ne connaissait ni d'Ève ni d'Adam s'était soudain jeté sur lui.

Mais il ne reproduirait pas son erreur passée, et cette fois il ne laisserait pas sa sœur s'unir à un homme qui ne pouvait que lui faire du mal.

Naturellement, il n'avait aucun droit de s'en mêler puisqu'elle n'avait plus dix-neuf ans mais vingt-quatre. Et puis, il n'avait pas vraiment joué son rôle de frère… En fait, il avait appris l'existence de cette demi-sœur quand elle avait quatorze ans, à la mort de sa mère – une des nombreuses maîtresses abandonnées par leur père. Il lui avait alors payé de coûteuses pensions, puis l'université, et avait publiquement reconnu qu'elle appartenait bien à la famille De Courtney, alors que leur égoïste de père s'y était toujours refusé de son vivant. Même s'ils n'avaient jamais été proches, impossible de la laisser se marier à O'Riordan sans exprimer son point de vue !

Au fur et à mesure qu'il approchait de l'autel, des têtes se tournaient vers lui. Il aurait préféré éviter d'agir durant la cérémonie, comme dans un film hollywoodien, mais Katie ne lui avait pas laissé le choix en refusant de répondre aux textos et aux e-mails qu'il lui avait envoyés pour renouer le contact après l'horrible scène, à l'opéra. Elle était follement amoureuse d'O'Riordan, ce qui n'était pas pour le rassurer. Était-ce grâce à son argent et à son physique, ou possédait-il un pouvoir maléfique sur les femmes, comme leur défunt père ?

Soudain, au premier rang, une femme tenant par la main un très petit garçon attira son attention. Sa chevelure rousse était relevée en chignon et ornée de fleurs sauvages. En la reconnaissant, il sentit dans ses veines une montée d'adrénaline si puissante qu'il manqua trébucher. Durant un horrible moment, il se retrouva transporté quatre ans plus tôt, durant le bal d'été du Westmoreland, en train de danser avec une femme superbe qui l'avait fasciné toute la soirée.

Était-ce bien elle ?

Il ne pouvait voir son visage, seulement son dos, ses épaules nues, la ligne gracieuse de son cou, la courbe suggestive d'un sein, sa taille fine et ses longues jambes. Son regard remonta vers la nuque dont la pâleur était soulignée par quelques fines mèches échappées de son chignon.

Il détourna la tête pour tenter de reprendre ses esprits.

Ne sois pas ridicule. Impossible que ce soit elle. Ta mémoire te joue des tours, parce que tu es en proie à une vive émotion et c'est d'ailleurs exactement pourquoi tu évites le plus possible ce genre de situation.

Ce soir-là, cette femme dont il n'avait jamais su le nom l'avait ensorcelé. Ses propos caustiques formulés avec un délicieux accent irlandais et sa beauté éthérée – longue chevelure rousse, peau diaphane et regard bleu perçant – l'avaient rendu fou et ivre d'un irrésistible désir. Le souvenir de ce qui s'était passé ensuite, dans le jardin, suffit à le mettre en émoi. Tandis qu'il la couvrait de baisers, sa peau semblait baignée d'une lumière magique. Le parfum subtil de la nuit, jasmin et pommes mûres, avait été annihilé par l'odeur puissante de son désir. Ses gémissements de plaisir l'avaient rendu fou, et pour eux deux rien n'avait plus compté…

Ils avaient fini par faire l'amour, rudement, sans précaution, contre un pommier, à quelques mètres de la demeure où se déroulait la fête.

Cet épisode qui lui avait d'abord paru très sexy et incroyablement romantique avait vite tourné à l'obsession… Elle s'était enfuie, telle une Cendrillon de roman à l'eau de rose, et il s'était lancé à sa poursuite avant de se heurter trois semaines plus tard à la dure réalité : elle l'avait contacté au moyen d'un numéro masqué et avait cru pouvoir lui extorquer de l'argent sous le prétexte très classique qu'elle se retrouvait enceinte.

Ainsi avait pris fin le conte de fées, mais hélas il n'avait pas pour autant cessé de penser à elle. Souvent, lorsqu'il apercevait dans une foule une chevelure rousse, il était la proie d'une réaction viscérale, ce qui ne manquait pas de le mortifier. Ce réflexe intempestif, voilà qu'il l'éprouvait à nouveau et au plus mauvais moment !

— Si quelqu'un a quelque raison que ce soit de s'opposer à ce mariage, qu'il parle maintenant ou se taise à jamais.

La voix du prêtre arracha Ross à ses souvenirs et le ramena à la réalité. Une seconde, il resta figé, furieux d'être contraint de faire un scandale, mais il ne pouvait plus reculer : Katie ne lui avait pas laissé le choix.

— Je m'y oppose, déclara-t-il, usant de la formule consacrée.

D'un même mouvement, Katie et son fou d'Irlandais se tournèrent vers lui et quelques exclamations retentirent parmi les invités.

— Ross ? Qu'est-ce que tu fais là ? s'exclama Katie, stupéfaite.

En découvrant le visage du marié, Ross reconnut l'homme qu'il avait vu pour la première fois cinq mois plus tôt à l'opéra, et l'angoisse qui l'avait taraudé durant tout son voyage au-dessus de l'Atlantique s'accrut encore.

Je me moque bien que tu sois fou de rage ! Pas question

de te laisser épouser ma sœur tant que je ne serai pas certain que tu ne peux pas lui nuire.

— Ce que je fais ici ? dit-il d'une voix étranglée. Je ne te laisserai pas te marier tant que je ne serai pas certain que c'est réellement ce que tu veux, Katie.

Il se produisit alors quelque chose de surprenant : au lieu de lui répondre, les futurs époux l'ignorèrent et se tournèrent vers la jeune femme rousse.

— Carmel, je suis désolée, chuchota Katie.

— Mel, emmène Mac dehors, dit l'Irlandais d'un ton ferme.

Ross comprit que cet ordre s'adressait à la jeune femme qu'il avait remarquée quelques instants plus tôt, et soudain il la reconnut. Ses yeux bleus stupéfaits étincelaient comme des saphirs. Ses joues pâles s'empourprèrent, rivalisant presque avec sa chevelure… Il eut un coup au cœur. Sous le choc, il oublia l'inquiétude qui lui avait fait traverser l'Atlantique, puis louer un hélicoptère pour se rendre dans ce coin perdu d'Irlande et protéger sa sœur. Un sentiment douloureux le submergea.

C'était bien elle.

— Maman, c'est qui le monsieur ?

Le regard de Ross tomba sur le petit garçon qu'elle tenait par la main et dont la voix enfantine teintée d'un léger accent apaisa sa fureur.

Ross sentit son estomac se creuser et eut soudain l'impression d'être environné par un brouillard opaque. Il reconnaissait les yeux bleu-vert de l'enfant, ses traits parfaitement réguliers, ses courtes boucles blondes : c'était lui, à quatre ans, avec sa mère, avant que ses cheveux ne foncent, sur la seule photo qu'il eût conservée. Et puis sa mère était morte, et son père s'était fait plaisir en brûlant le cliché devant lui avant de l'envoyer en pension.

« Arrête de pleurnicher ! Ta mère était faible. Tu veux donc lui ressembler ? »

Son regard remonta vers le visage de la demoiselle d'honneur.

Impossible.

Ça ne pouvait pas être vrai. Ce devait être un rêve, ou plutôt un cauchemar, songea-t-il comme ses yeux allaient sans relâche de la jeune femme à l'enfant.

Soudain, celle-ci prit le petit garçon par les épaules pour le serrer contre elle et l'empêcher de voir Ross.

— Tout va bien, Mac, murmura-t-elle d'une voix qu'il reconnut, même si elle était empreinte de colère – mais sans rien perdre de sa séduction. Nous ne connaissons pas ce monsieur.

Ross fit un pas vers eux, bien décidé à … Mais à quoi, justement ? Il ne le savait pas. Le choc résonnait encore en lui avec une telle force que son sens de l'à-propos et son détachement habituels avaient disparu.

Une main d'acier se posa sur son épaule, le forçant à descendre à reculons les quelques marches.

— Laisse ma sœur tranquille, espèce de salaud !

Il reconnut la voix du fou irlandais, puis celle de Katie qui leur intimait de garder leur calme. Pétrifié, il vit sa Cendrillon d'un soir prendre l'enfant dans ses bras et se diriger vers la sacristie.

Elle va m'échapper encore une fois !

Un instant, il se revit dans le verger de pommiers, tandis que la silhouette de la jeune fille disparaissait sous le clair de lune.

Mais au lieu de lui courir après, comme il l'avait fait ce fameux soir, il demeura immobile, pétrifié. Il croisa le regard de l'enfant qui tenait sa mère par le cou.

— Il faut que vous partiez, lui dit le marié. Vous n'avez pas été invité, et personne ici n'a envie que vous restiez.

— Ne me touche pas ! s'exclama Ross en se dégageant de l'emprise de l'Irlandais.

Il tourna les talons pour se lancer à la poursuite de

la jeune femme, mais son cœur battait si fort qu'il avait encore du mal à bouger. O'Riordan le prit par le bras.

— Reviens, espèce de…

Ross se retourna, les poings serrés, mais il ne parvenait plus ni à penser ni à coordonner ses mouvements et, lorsqu'il voulut frapper l'homme à la tête, il le rata. L'autre en revanche lui asséna un coup de poing qu'il ne réussit pas à éviter. Il sentit sa mâchoire craquer, puis ce fut le brouillard complet.

— Une belle droite, eut-il le temps de murmurer en s'effondrant en arrière tandis qu'un goût de métal lui emplissait la bouche.

Les cris des invités et le visage de Katie, baigné de larmes, l'accompagnèrent tandis qu'il glissait vers un bienheureux oubli tout en s'interrogeant encore. Comment avait-elle pu lui donner un enfant… alors qu'il ne pouvait plus être père ?

2.

— Laissez-moi passer. Vous avez dit qu'il n'y avait pas trace de traumatisme, alors je veux partir !

— Mais, monsieur De Courtney, il vaudrait mieux vous reposer un peu. Vous avez l'air épuisé.

— Pas question de rester ici.

Debout dans le hall de l'aile est de Kildaragh Castle, Carmel O'Riordan sentit tout son corps réagir à la voix impérieuse de Ross De Courtney, aux prises avec l'infirmier que Conall avait appelé après l'avoir fait transporter dans une chambre du deuxième étage.

Elle s'appuya au mur sans plus s'intéresser à leur conversation, cherchant seulement à trouver le courage d'entrer dans la chambre… et de se confronter à son passé.

La cérémonie était maintenant terminée et, au rez-de-chaussée, la réception battait son plein, mais elle n'avait toujours pas surmonté le choc que lui avait causé la réapparition de Ross De Courtney. Et la découverte que le père de Mac – un homme dont elle n'avait jamais révélé l'identité à personne – était précisément le frère de sa nouvelle belle-sœur.

Elle essuya ses mains moites et tremblantes sur le fin tissu de sa robe. Sans cesse, elle revoyait le visage de Ross, vingt minutes plus tôt, ses yeux bleu-vert écarquillés par la stupéfaction, puis par le choc de découvrir son fils – leur fils – pour la première fois.

Ce souvenir allait-il la hanter pour l'éternité ? Comme tous ceux qui l'avaient obsédée durant ces quatre dernières années ? Le spectacle de Ross De Courtney, grand et élégant dans son smoking sombre à la lumière des flambeaux qui éclairaient le verger de pommiers, son regard rivé au sien, ses caresses tendres et insatiables. Son odeur musquée, si envoûtante. Sa voix basse et impérieuse, que le désir rendait plus rauque. Et elle, submergée par un flot d'émotions dévastateur.

Cette nuit-là, une nuit de folie, avec sa copine de fac Cheryl, elles s'étaient incrustées au fameux bal du Westmoreland. Durant tout le trajet dans la voiture que Cheryl avait empruntée, elles avaient blagué sur la possibilité de trouver un milliardaire à épouser.

Mais la plaisanterie avait tourné court.

Ross De Courtney était beau, sexy, sophistiqué, et il avait craqué pour elle. Il ne l'avait plus quittée des yeux et avait semblé apprécier son humour rebelle… Avec lui, elle s'était sentie différente, adulte. Après avoir désespéré pendant des années de devenir enfin une vraie femme, et d'échapper à la surveillance étouffante de son frère Conall, elle avait cru que c'était enfin arrivé… Mais ce n'était qu'un tour que lui jouaient la chaude nuit d'été, sa stupide naïveté et ses hormones en déroute. À peine était-elle entrée qu'elle l'avait repéré, seul, morose et désespérément excitant, un mélange de Heathcliff, de M. Darcy et du vampire de *Twilight*.

Elle sentait encore la caresse de ses doigts sur sa peau et l'excitation qui l'avait parcourue, tel un courant électrique, pour lui faire faire des folies.

— Où sont mes chaussures ?

Cette exclamation provenant de la chambre mit fin brutalement à ce voyage dans le passé, et elle serra les poings pour s'empêcher de trembler. Elle ne pouvait pas rester dans ce hall, il fallait qu'elle affronte cet homme car Conall n'allait pas tarder à monter pour la « protéger ». Katie avait un extraordinaire pouvoir sur lui mais, quand il avait décidé de jouer les protecteurs, impossible de le retenir longtemps.

Son frère était allé trop loin : il avait engagé un détective pour découvrir l'identité de l'homme dont elle avait toujours refusé de lui livrer le nom. Quand il avait découvert que Ross De Courtney était le père de Mac, il avait engagé la demi-sœur de celui-ci, Katie Hamilton, sous prétexte d'organiser en décembre le mariage de leur sœur Imelda avec son amour d'enfance, Donal. Mais en réalité, il voulait se venger de l'homme qui avait engendré son neveu. Une vengeance dont Carmel ne l'avait jamais chargé et qu'il n'avait aucun droit d'entreprendre.

Mais Conall était tombé amoureux de Katie, et désormais Ross était lié à leur famille puisqu'il était précisément le demi-frère de Katie. Personne n'avait pensé à le lui révéler avant le mariage, ce qui l'avait mise en rage. Mais maintenant, elle était en plein brouillard, et elle avait peur.

Ross De Courtney avait rejeté Mac avant même qu'il soit né. Dans son abominable texto, il l'avait accusée de mentir au sujet de sa grossesse, un choc qu'elle avait mis des années à surmonter. Elle n'avait pas oublié un seul mot de la cruelle réponse qu'elle avait reçue tout de suite après avoir eu le courage de l'informer qu'elle était enceinte.

Cet enfant n'est pas de moi. Alors, si tu espères m'extorquer de l'argent, tu en es pour tes frais !

Comment protéger Mac de ce rejet maintenant que Ross De Courtney faisait partie de leur famille ? Certes, quand ses yeux s'étaient posés sur Mac, vingt minutes plus tôt, il n'avait pas paru furieux ni méprisant mais stupéfait. Elle n'avait pas compris pourquoi, pas plus qu'elle n'avait compris son affreux texto dans lequel il l'accusait à tort de l'avoir piégé. Bien sûr, ce soir-là, elle lui avait fait des avances. Contrairement à ce qu'avait prétendu son frère Conall, Ross ne lui avait pas volé son innocence : c'était elle qui s'était offerte à lui de son plein gré. Elle n'avait pas cessé de flirter avec lui et avait endossé le rôle de la vierge tentatrice. Mais dès qu'elle avait pris son plaisir et compris ce qu'elle avait fait, elle s'était enfuie, comme la gamine qu'elle était encore en réalité.

Vierge tentatrice, mon œil ! Vierge stupide, plutôt !

Alors que penser de ce Ross De Courtney, s'il n'était pas le monstre qu'elle avait cru ? Après tout, il était le père de Mac. Sur la foi d'un simple texto, elle s'était imaginé qu'il ne voulait pas entendre parler de son fils, mais n'avait-il pas pu croire sincèrement que Mac n'était pas de lui ? Jamais elle n'avait envisagé cette possibilité. Elle avait cru qu'il voulait se débarrasser d'elle pour éviter d'assumer ses responsabilités et qu'il avait trouvé le moyen le plus cruel d'oublier cette soirée.

Et si la vérité n'était pas aussi simple que ça ?

De son poing serré, elle frappa à la porte.

— Puis-je entrer ?

Sans attendre la réponse, elle pénétra dans la pièce. Quand Ross De Courtney tourna la tête vers elle, elle fut assaillie par un flot d'émotions bien plus dévastateur encore qu'elle ne s'y attendait en découvrant le désordre de sa tenue : sa chemise tachée de sang ouverte sur sa poitrine, son pantalon froissé, ses cheveux ébouriffés et le bleu qui marquait sa mâchoire.

Elle en eut le souffle coupé. Comment pouvait-il être plus superbe encore que cette nuit-là ?

Il se contenta de la fixer sans rien dire, sans manifester ni contrariété ni plaisir de la voir, et pour la première fois elle réalisa que son visage était toujours resté impénétrable, même tout au long de cette incroyable nuit.

Il avait eu beau garder les yeux fixés sur elle ce soir-là,

jamais elle n'avait pu deviner ce qu'il pensait. Et cela la perturbait en ce moment davantage encore.

— Madame O'Riordan, peut-être saurez-vous faire entendre raison à mon patient, déclara l'infirmier qui se trouvait au chevet de Ross et qu'elle n'avait pas encore remarqué. Je crois que M. De Courtney devrait se reposer…

— Très bien… Joe, dit-elle après avoir lu le prénom figurant sur le badge de son interlocuteur. Vous pouvez nous laisser. Si M. De Courtney donne le moindre signe de faiblesse, je vous rappellerai immédiatement.

— Parfait. Dans ce cas, je vous laisse.

La porte se referma sur le soignant avec un bruit sourd qui résonna dans la poitrine de Carmel. Était-elle seule à avoir conscience de l'électricité qui avait soudain empli l'air de la chambre ? La dernière fois qu'ils s'étaient retrouvés seuls tous les deux, elle avait eu un orgasme si intense qu'elle avait failli perdre conscience…

Un orgasme dont le fruit était son bien le plus précieux.

Cette pensée et son désir toujours vivace au bout de tant d'années ravivèrent sa peur.

— Asseyez-vous donc, monsieur De Courtney ! dit-elle en désignant un siège d'une main qui ne tremblait pas trop.

— M. De Courtney ? répéta-t-il sur un ton plus ironique que surpris. Vraiment ?

— J'essaye de me montrer polie, répondit-elle avec froideur.

Tenait-il à rendre cet entretien plus pénible encore ?

— Pourquoi ?

— Parce que ma mère me l'a appris et que je m'efforce de suivre son exemple. Vous n'avez pas envie de recevoir un autre coup de poing, je suppose ?

Le sentiment déroutant qu'elle éprouvait à son égard était beaucoup moins négatif qu'elle ne l'aurait cru, et un flot d'émotions très diverses la submergeait, bien plus difficile à contrôler qu'une pure colère.

— Si tu me giflais, je ne te blâmerais pas, murmura-t-il en se passant la main dans les cheveux.

— Comment dois-je le prendre ? répondit-elle, radoucie, en contemplant la meurtrissure qui bleuissait sa joue. Conall n'aurait pas dû te frapper. Il n'en avait pas le droit.

Si confus que soient ses sentiments vis-à-vis de cet homme, son opinion avait évolué depuis qu'elle avait demandé à sa demi-sœur Katie s'il était vraiment mauvais avant de se confronter à lui…

La réponse de Katie, plutôt nuancée, avait irrité Conall qui avait décidé une fois pour toutes que Ross De Courtney était un monstre. Apparemment, Katie n'avait pas revu son demi-frère depuis cinq ans, après son premier mariage qu'il avait désapprouvé. Mais dès qu'il avait appris son existence, quand elle était encore adolescente, il l'avait prise en charge. Katie avait d'ailleurs été très surprise que Ross ait refusé de reconnaître Mac.

Sans savoir pourquoi, elle avait compris que Ross était venu à Kildaragh pour empêcher le mariage de Katie avec Conall. Compte tenu de l'animosité entre les deux hommes, elle s'était dit qu'il avait voulu protéger sa sœur, mais Ross ignorait pourquoi Conall l'avait agressé à l'opéra, quelques mois plus tôt.

— Il en avait parfaitement le droit, répondit Ross, en fixant Carmel droit dans les yeux, puisque c'est ton frère.

— Tu es complètement fou ! rétorqua-t-elle, soudain fatiguée de ce code d'honneur fraternel.

Pourquoi des hommes s'arrogeaient-ils le droit de décider de la vie de leurs sœurs ? Quelle ironie d'entendre Ross approuver le comportement primaire de Conall alors qu'il était venu d'Irlande pour empêcher sa propre sœur de l'épouser !

— Conall n'avait aucun droit d'intervenir…, commença-t-elle.

— Suis-je le père de ce garçon ? coupa-t-il, visiblement peu ravi mais résigné à cette perspective.

Elle se raidit.

— Oui, Mac est ton fils.

Pas question de se laisser ébranler par sa réaction plutôt négative. Mac était le plus beau présent qu'elle ait jamais reçu. Un petit garçon tendre, gentil, drôle et courageux. Cet homme ne le connaissait pas, et au fond elle comprenait maintenant qu'il n'était pas le seul fautif.

— Si tu ne me crois pas, nous pouvons faire un test ADN.

— Inutile. Il me ressemble comme deux gouttes d'eau quand j'avais son âge.

Il s'assit dans le fauteuil qu'elle lui avait désigné. Ou plutôt il s'y effondra, comme si soudain le souffle lui manquait. De nouveau, il se mit à fourrager dans ses cheveux.

Il n'avait plus l'air résigné mais bouleversé.

Les jambes encore tremblantes, elle s'assit en face de lui. Elle croyait s'être préparée à ce qu'il les rejette, peut-être même l'avait-elle espéré quand, en montant l'escalier, elle avait imaginé toutes les conséquences possibles de cette entrevue. Voulait-elle vraiment autoriser Ross De Courtney à jouer un rôle dans la vie de Mac ? Ne vaudrait-il pas mieux qu'il refuse de faire sa connaissance et d'être son père ? Elle aurait elle-même du mal à supporter d'avoir à traiter avec un homme qui lui avait fait tant de mal. D'ailleurs, même s'il était le père biologique de Mac, cela ne lui donnait aucun droit, sauf si elle en décidait autrement.

Aurait-il mieux valu ne pas avoir à prendre de décision et continuer tout simplement comme avant ? Car, à voir la réaction de Ross, il était clair que pour lui Mac n'avait rien d'extraordinaire.

— Pourquoi étais tu si certain que je t'avais menti dans

mon texto ? demanda-t-elle en se forçant à se concentrer sur l'intérêt de son fils.

Elle perçut dans son regard une lueur qui disparut bien vite. Regret ? Tristesse ? Chagrin ? Impossible de le dire. Il enfouit son visage entre ses mains en jurant à voix basse et lui jeta un regard indéchiffrable.

— J'ai refusé de croire que l'enfant puisse être de moi parce que je m'étais fait stériliser dix ans plus tôt, à vingt et un ans, justement pour éviter de devenir père.

— Tu t'étais… ? Mais… pourquoi ?

Ross vit l'horreur se peindre sur le visage de Carmel, ce visage qui le hantait depuis des années et qui lui faisait maintenant face. Il fut envahi par un mélange de sentiments contradictoires qui le précipitèrent si loin de sa zone de confort qu'il n'arrivait plus à penser clairement.

Cette jeune femme était rayonnante, songea-t-il avec tristesse. La lumière qui entrait à flots par les fenêtres donnait des reflets rouges et dorés à sa splendide chevelure rousse. Sa peau parsemée de taches de rousseur qu'il n'avait pas remarquées quatre ans plus tôt, au clair de lune, était d'une lumineuse pâleur.

— Comment as-tu pu, si jeune, commettre un acte aussi définitif ? demanda-t-elle.

Il détourna les yeux de cette beauté dont la magie l'avait séduit naguère, et par quoi tout était arrivé.

— Pour de nombreuses raisons.

Il n'avait pas l'intention d'en discuter, ni de lui raconter comment il avait réussi à convaincre un médecin qu'il savait ce qu'il faisait. Mais il lui devait la vérité pour expliquer – à défaut de justifier – l'erreur qu'il avait commise quatre ans plus tôt. D'ailleurs aujourd'hui ces raisons n'avaient plus d'importance, puisque l'opération avait échoué, c'était clair.

Une fois de retour à New York, il se ferait examiner ; il n'avait pas voulu se faire suivre après l'intervention, sous prétexte qu'il était trop occupé à reprendre les rênes du groupe De Courtney et à le faire entrer dans le XXIe siècle après la mort de son père. Il avait pris la décision de ne jamais être père sur un coup de tête, sans vraiment y réfléchir. À cette époque, il était jeune, impulsif et arrogant…

Pourtant, il était devenu père et responsable d'un être humain à qui il avait transmis son ADN, et contre sa volonté la lignée des De Courtney s'était perpétuée, même si cela paraissait vain. Car devant cet enfant bien réel qui possédait les mêmes traits et le même sang que lui, les raisons qui avaient motivé sa décision lui avaient paru sans consistance et sans valeur.

— Tu ne souffres pas d'une maladie génétique, n'est-ce pas ? Une maladie que tu ne voudrais pas transmettre ?

— Non.

Enfin, pas d'une maladie physique.

Elle poussa un soupir de soulagement, et tout son corps sembla se détendre un peu. Il comprit alors qu'elle avait eu très peur pour son fils. Il s'attendait à ce qu'elle lui pose de nouveau la question sur les raisons qui avaient motivé sa décision, mais elle le surprit.

— Crois-tu que tu pourrais avoir eu d'autres enfants sans le savoir ? demanda-t-elle d'une voix mal assurée.

De nouveau, il se sentit obligé de répondre, même s'il n'en avait aucune envie. Jusque-là, il avait toujours réussi à nier l'existence de ses démons, mais maintenant cette femme l'obligeait à leur faire face.

Tout comme une heure plus tôt, quand ses yeux s'étaient rivés à sa nuque, une onde brûlante lui envahit le ventre.

Comment pouvait-il la désirer encore, elle qui avait bouleversé sa vie et tout mis sens dessus dessous ?

Pas elle, espèce de salaud ! Le responsable, c'est toi,

à cause de ton arrogance et de ton indifférence, toi, le monstre stupide qui s'imaginait qu'il allait pouvoir tout contrôler.

— Non, il ne peut pas y en avoir d'autres. Tu es la seule femme avec qui j'aie eu un rapport non protégé, dit-il en baissant la tête.

Il serra les dents si fort que de nouveau il éprouva une douleur fulgurante à la mâchoire, là où O'Riordan l'avait frappé.

Comment avait-il pu se laisser aller à ce point avec elle cette nuit-là, sans repérer aucun signal d'alerte ? Il s'était retrouvé comme hypnotisé, ébloui par la sensualité de son rire un peu rauque, par son esprit rebelle, par la douceur mélodique de son accent, par l'odeur de terre de son désir.

Carmel O'Riordan était devenue une femme singulière, plus belle encore qu'avant. Mais ce soir-là, quelle force l'avait poussé à transgresser soudain toutes les règles qu'il s'était fixées ? Pourquoi n'avait-il eu plus qu'un désir en tête, plonger en elle, s'emparer d'elle, la marquer, la faire sienne ? Un comportement de folie, et même aujourd'hui il n'était pas sûr d'être revenu à la raison, bien au contraire.

— Tant mieux, dit-elle en écartant de son visage quelques mèches folles, et bizarrement ce geste nerveux la rendit plus charmante encore.

Il desserra les dents pour prononcer les mots qu'il aurait dû lui dire dès qu'elle était entrée.

— Je te dois des excuses pour ce texto. C'était impardonnable. Et je dois aussi des excuses à ton frère.

Elle écarquilla les yeux.

— Pourquoi tiens-tu donc à t'excuser auprès de Conall ?

— Je suis venu pour raisonner ma sœur. Notre altercation à Londres, il y a quelques mois, m'avait convaincu que Conall O'Riordan était un homme violent et autoritaire qui la rendrait malheureuse. Mais je suppose que, le jour où nous nous sommes croisés à l'opéra, il connaissait déjà ce qui me liait à toi et à son neveu.

— Certainement. Comme je refusais de lui avouer qui était le père de Mac, ce salaud s'est permis d'engager un détective privé.

— Je vois.

Soudain la douleur qu'il ressentait à la mâchoire sembla se déplacer au creux de sa poitrine, peut-être parce qu'elle avait refusé de divulguer son nom. Pourquoi n'avait-elle pas révélé à O'Riordan qui il était lorsqu'elle s'était retrouvée enceinte et seule ? Et pourquoi, après avoir reçu son horrible texto, n'avait-elle pas fait procéder à une recherche d'ADN ? Durant toutes ces années, elle avait survécu sans lui réclamer aucune aide… Peut-être n'avait-elle pas besoin d'un soutien financier – après tout, son frère était très riche –, mais elle avait dû assumer seule la responsabilité de leur fils. Rien d'étonnant à ce qu'O'Riordan l'ait regardé comme s'il avait envie de le tuer, quelques mois plus tôt, à Londres. Il avait une bonne raison de le faire.

— Peu importe par quel moyen ton frère a découvert mon identité, continua-t-il, les bras croisés sur sa poitrine douloureuse.

Durant toute sa vie, il avait essayé de ne pas se comporter comme son père, de ne pas se montrer cruel, insensible et despotique comme celui-ci l'avait été. Il s'était félicité d'avoir toujours eu avec les femmes des relations légères et sans engagement. Pour cette raison, il avait été très embarrassé par sa réaction vis-à-vis de Carmel O'Riordan. Et quand elle lui avait envoyé le texto où elle l'informait de sa grossesse, sa réponse prouvait qu'il était tombé bien bas.

— Ce soir-là, je me suis dit que ton frère avait certainement une bonne raison de réagir comme il l'avait fait et de vouloir s'opposer à ma relation avec ma propre sœur, ou du moins la contrôler. Maintenant seulement, je comprends qu'il voulait surtout te protéger de l'homme qui avait gâché ta vie. Quelle ironie du sort ! En venant ici pour tenter de m'opposer au mariage de ton frère avec ma sœur, j'ai eu tout faux.

Il se leva et ramassa sa veste posée sur le lit. Il fallait qu'il reprenne ses esprits, et il avait besoin de temps et d'espace pour maîtriser les émotions qui le submergeaient et trouver le meilleur moyen de réparer le mal qu'il leur avait fait, à elle, à sa famille et au petit garçon.

— Il faudrait que je reparte plus dignement que je ne suis arrivé, mais le problème, c'est que j'ignore où sont passées mes chaussures, reprit-il, mais cette tentative d'humour pitoyable tomba à plat. Peut-être peux-tu retrouver l'infirmier et lui demander où il les a mises ?

— Tu t'en vas ? Comme ça ? Tu es devenu fou ?

Pourquoi la colère la rendait-elle plus irrésistible encore ? Lui qui avait toujours eu horreur de toute forme de conflit, surtout avec les femmes qu'il fréquentait…

— Et Cormac ? lança-t-elle.

— Qui est Cormac ?

— Ton fils, rétorqua-t-elle, les yeux étincelants.

Naturellement.

Comment avait-il pu oublier ? Sans doute à cause du désir bien réel qui l'enflammait. Raison de plus pour rester sur ses gardes.

— Mon équipe de juristes prendra contact avec toi dès mon retour à New York, répondit-il, bien décidé à se montrer aussi loyal que possible.

Il n'avait aucun moyen de réparer le mal qu'il lui avait fait, mais financièrement il tenait à se montrer généreux.

— Par ailleurs, si tu veux bien établir un décompte des dépenses que tu as engagées jusqu'à maintenant, je réglerai tout, car je considère que je suis seul responsable de l'erreur qui a provoqué ta grossesse. Désormais, je paierai entièrement l'entretien de l'enfant et le tien, en alimentant à cet effet un fonds fiduciaire, pour m'assurer que ni lui ni toi ne manquerez jamais de rien quoi qu'il arrive.

3.

L'erreur ? Un fonds fiduciaire ?

Carmel eut l'impression que sa tête explosait. Elle était folle de rage que cet homme puisse évoquer d'une voix aussi claire, précise et dépassionnée son adorable petit garçon – *leur* adorable petit garçon. Comment pouvait-il imaginer qu'une somme d'argent, fût-elle importante, allait le dédouaner de ses responsabilités en tant que père de Mac ?

Elle le contempla tandis qu'il enfilait ses chaussures et s'apprêtait visiblement à sortir de la pièce.

Au moment où il passait à côté d'elle, elle le fit reculer en le poussant des deux mains. Elle frémit en reconnaissant son odeur – after-shave boisé et savon.

— Où comptes-tu aller ? réussit-elle à articuler.

— À Manhattan.

— Pas question de partir comme ça ! Cette histoire n'est pas terminée. Est-ce que je t'ai demandé de l'argent ? hurla-t-elle, au comble de la fureur.

Elle le saisit par le devant de sa chemise en s'efforçant d'ignorer le désir qui luisait dans ses yeux et le courant presque électrique qui passait entre eux.

— Non, répondit-il d'une voix toujours aussi calme, sans affect, même si la flamme de son regard suffisait à confirmer qu'il était aussi ébranlé qu'elle par ce contact.

Il lui prit les poignets pour l'obliger à lâcher sa chemise, et l'effleurement de ses pouces sur son pouls suffit à provoquer en elle des sensations si fortes qu'elle en fut épouvantée.

— Le problème n'est pas là, ajouta-t-il en la lâchant avant de s'écarter d'elle comme d'une bombe sur le point d'exploser. Mais je te dois une somme considérable, pour l'entretien de ce garçon.

— Ce garçon a un nom. Mac ou Petit Mac ou Cormac quand il a fait une bêtise et qu'il faut que je le gronde.

Elle disait n'importe quoi, seul moyen de garder à distance son mépris et tout le mal qu'il lui avait fait.

Il cligna des yeux, comme si elle venait de prononcer sa condamnation définitive.

— Je comprends.

En fait, il n'y comprenait rien, elle le savait. Mais elle avait trop à lui dire au sujet de son enfant. Ne voulait-il vraiment rien entendre ?

— Il n'a pas besoin de ton argent. Ce qu'il lui faut, c'est un père.

Il serra les dents, mais une flamme continuait à brûler dans son regard.

— Cela, je crains de ne pas pouvoir le lui offrir, murmura-t-il sans prononcer le nom de l'enfant. Je ne suis capable d'être un père pour personne, sauf au sens financier du terme.

Elle jura entre ses dents, soudain lasse de tant de platitudes et de dérobades.

— Comment peux-tu en être aussi certain si tu n'as jamais essayé ? demanda-t-elle, de nouveau furieuse et exaspérée.

Pourquoi s'était-il fait stériliser si jeune ?

Il n'avait pas voulu lui fournir d'explications, c'était clair. Mais elle avait du mal à croire qu'il ait pu prendre une décision aussi définitive sur un coup de tête.

De toute façon, il n'avait pas dit qu'il ne voulait pas

être père, mais qu'il ne se jugeait pas capable de l'être, deux choses très différentes. Peut-être cherchait-elle à se raccrocher à une chimère, et à lui trouver des excuses qu'il ne méritait pas. Comment expliquer qu'il ait pu faire des milliers de kilomètres pour empêcher le mariage de sa sœur avec un homme qu'il jugeait indigne d'elle alors qu'il ne lui avait plus parlé depuis des années ? Carmel avait toujours cherché une raison en toute chose, même quand sa mère s'était suicidée et que tout le monde, y compris son frère, avait définitivement refusé d'y faire allusion.

Elle détestait les secrets et avait toujours cru que parler ouvertement était le meilleur moyen de comprendre et de panser les plaies. C'est pourquoi elle avait tant souffert de se sentir incapable de parler à sa famille et – plus important encore – de son père à son fils.

Mais maintenant, c'était terminé.

Elle aussi, elle avait commis des erreurs. Au lieu d'encaisser lâchement ce misérable texto qui lui avait brisé le cœur, elle aurait dû y répondre et se demander pourquoi il réagissait de cette façon…

— Je n'ai pas besoin de faire l'essai pour le savoir, répondit-il entre ses dents, faisant un effort pour garder son calme.

Très bien. La colère valait mieux que ce masque d'indifférence qu'il lui avait d'abord opposé. Il allait falloir qu'il aille plus loin avant de pouvoir se débarrasser d'elle.

— Comment le sais-tu ?

— Je le sais, voilà tout.

— Eh bien, moi, je ne te crois pas.

Il n'avait jamais rencontré Mac, alors comment pouvait-il savoir qu'ils n'allaient pas s'entendre ? Mais elle ne le dit pas, car elle n'avait pas la moindre intention de le laisser créer des liens avec son fils avant d'en savoir un peu plus sur lui. Pourtant, pas question non plus de le laisser échapper à ses responsabilités paternelles en échange d'une participation financière. D'après Katie, c'était ce qu'il avait fait pour elle en lui payant des pensions chics et des études universitaires sans pour autant lui consacrer beaucoup de son temps.

— Personne ne sait s'il fera un bon parent sans en avoir fait l'expérience, ajouta-t-elle. Il va falloir que tu le découvres. Crois-tu vraiment qu'à dix-neuf ans je pensais pouvoir être une bonne mère ?

Ébranlé, il vacilla sous le choc.

— Tu avais dix-neuf ans… cette nuit-là ? balbutia-t-il en pâlissant. Mais tu étais une enfant !

— Quelle idée !

Il était pire que Conall. Ah, les hommes et leur complexe du chevalier blanc !

— J'étais une femme, dans tous les sens du terme, avec des désirs et des besoins de femme…

Peut-être s'était-elle montrée folle et naïve, tant il la fascinait, mais elle savait parfaitement ce qu'elle faisait et elle en avait bien profité. Jusqu'à ce qu'elle découvre les conséquences de son acte.

— D'ailleurs, je te l'ai bien prouvé, si ma mémoire ne me trompe pas ; et, toi aussi, tu en as profité tout autant que moi. En fait, je devrais te remercier, ajouta-t-elle, car à ce qu'on m'a dit, pour la plupart des femmes, la première fois se passe rarement aussi bien que pour moi – grâce à toi, je le reconnais.

— Tu étais donc vierge ? chuchota-t-il, non plus seulement stupéfait mais horrifié.

Il se prit la tête entre les mains.

— Je suis étonné que ton frère ne m'ait pas fait abattre après avoir découvert mon identité, balbutia-t-il en rougissant.

Il y avait tant de regret dans sa voix qu'elle posa la main sur son épaule.

— Tu exagères. Après tout, c'est moi qui ai cherché à te séduire.

Certes, elle était plus jeune que lui, et sans expérience, mais elle avait décidé de perdre sa virginité cette nuit-là. Et ça s'était si agréablement passé qu'elle n'en éprouvait pas le moindre regret.

— Vraiment ? répondit-il en fronçant les sourcils.

Le doute dans sa voix aurait dû l'agacer, parce qu'elle savait très bien dans quel état d'esprit elle se trouvait ce soir-là. Elle refusait qu'il lui conteste cette prise d'initiative sous prétexte qu'il avait été le premier et qu'elle était plus jeune qu'il ne le pensait. Pour un homme qui se jugeait incapable d'être père, il avait un code moral solidement enraciné !

— Je n'en suis pas certain, reprit-il. Mais je me souviens que, dès que mon regard s'est posé sur toi, je t'ai désirée comme jamais encore je n'avais désiré une femme. Et pour commencer, je t'ai prise contre un arbre sans préservatif et sans me demander quel âge tu avais. Ça me rend malade de ne même pas y avoir pensé !

— Tu m'as demandé deux fois mon âge, et les deux fois je t'ai menti, protesta-t-elle, le cœur battant.

« Dès que mon regard s'est posé sur toi, je t'ai désirée comme jamais encore je n'avais désiré une femme. »

Il lui avait donc trouvé quelque chose de particulier, et elle était contente de savoir qu'elle n'avait pas été la seule à être aveuglée par l'attirance physique qui les poussait l'un vers l'autre.

— J'ai cru que tu allais me demander une pièce d'identité, continua-t-elle, mais comme j'en avais une fausse sur moi, si tu l'avais fait, ça n'aurait rien changé.

— Si je t'ai posé deux fois la question, je devais avoir des doutes. C'est horrible…

— Mais non ! dit-elle en arpentant la pièce pour tenter d'oublier les battements désordonnés de son cœur.

Si l'alchimie, entre eux, était toujours aussi puissante, tant pis. Pas question de se laisser aller à nouveau. L'important, aujourd'hui, c'était leur fils. D'ailleurs, quelle idée d'évoquer ces vieux souvenirs – même si elle était ravie de lui tenir tête sur ce point ?

— Nous nous égarons, reprit-elle. En tout cas, pas question que j'accepte ton argent, ni pour Mac ni pour moi.

— Quoi ? Mais c'est absurde !

Il se leva pour aller vers elle. Elle resta immobile, déterminée à ne pas céder, même si elle ne connaissait aucun homme à qui l'indignation aille aussi bien. Jamais il ne lui avait paru aussi sexy, et ses yeux bleu vif qui lançaient des éclairs étaient tels que dans son souvenir. Oubliant sa froideur contrôlée, ses excuses compassées et la cruauté glaciale du texto qu'il lui avait envoyé, elle reconnaissait enfin l'homme qui l'avait éblouie cette nuit-là, séduisant, direct, déterminé et si passionné…

Même si la passion n'était pas le sujet.

Parce que c'était lui qu'elle désirait connaître, et au-delà des masques de froideur hautaine dont il s'affublait.

— J'ai conscience de tout ce que je te dois, continua-t-il, et pas seulement pour l'enfant, mais pour tout ce que je t'ai fait subir ce soir-là.

« L'enfant » ? Comme s'il ne pouvait pas prononcer son prénom.

— À moi, tu ne me dois rien du tout. Ma seule certitude, c'est que tu souffres d'un complexe du chevalier blanc aussi développé que celui de mon frère. Mais tu espères te débarrasser de ta responsabilité de père envers Mac en nous rangeant tous les deux dans un joli petit dossier intitulé « factures acquittées ». Eh bien, vois-tu, c'est impossible.

— Qu'est-ce que tu racontes ? Je suis le père de ce garçon. J'ai une responsabilité envers lui et envers toi aussi, à cause de ce que je t'ai pris ce soir-là.

— Je te le répète, tu ne m'as rien pris que je n'aie voulu te donner. Et tu m'as offert en retour ce que j'ai de plus précieux au monde ; alors, considérons que nous sommes quittes.

— Inutile de chercher à noyer le poisson, répondit-il sur un ton presque menaçant. Cela n'a rien à voir avec ce que je t'ai proposé, et tu le sais parfaitement.

Mais si, Ross. Pourquoi es-tu incapable de le comprendre ?

Elle ravala l'élan de sympathie qu'elle avait ressenti en le découvrant si obtus dans le domaine des sentiments. Elle devait profiter de son point faible.

— Si tu ne souhaites pas entretenir de relation avec Mac, je ne t'y obligerai pas. La dernière chose que je lui souhaite, c'est d'avoir un père qui refuse de jouer son rôle.

Elle savait ce que c'était, puisque sa propre mère avait eu tant de mal à créer des liens avec ses filles et même avec Conall. Même si ce n'était pas sa faute, il n'en demeurait pas moins que cette affreuse défaillance avait eu des conséquences désastreuses pour tous ses enfants.

Conall s'était replié sur lui-même par peur d'aimer, tandis qu'Imelda se réfugiait dans son monde imaginaire. Quant à elle, elle était devenue de plus en plus difficile et sauvage, au bord du désespoir et de l'autodestruction. Car, au plus profond de son subconscient, elle gardait la certitude qu'il devait y avoir quelque chose d'horrible en elle pour que sa mère ne l'aime pas. Bien sûr, une fois devenue mère à son tour, elle avait vu plus clair et compris que la dépression les avait privées toutes les deux de ce lien essentiel.

Si par malheur Ross était atteint d'une maladie de ce genre et qu'il ne pouvait ou ne voulait pas se soigner, jamais elle ne supporterait que son fils souffre d'une pareille carence affective. Cela dit, contrairement à ce qu'il prétendait, Ross n'était-il pas capable d'être un vrai père ?

— Je ne sais même pas de quoi nous sommes en train de discuter, déclara-t-il, de plus en plus exaspéré.

— Eh bien, écoute-moi : si tu n'es pas prêt à te comporter en père vis-à-vis de Cormac, mieux vaut repartir tout de suite et ne plus jamais venir nous voir ni nous parler, ni à lui ni à moi. Mais si tu fais ce choix, je ne t'autoriserai pas à lui verser une pension. Ni allocation d'éducation, ni fonds fiduciaire, ni généreux subsides. Mac a besoin d'un père, pas d'un gros compte en banque. Tu peux être les deux ou ni l'un ni l'autre, c'est mon dernier mot.

— Ton dernier mot ? articula Ross, bouillant de frustration et de rage.

Décidément, cette femme était la plus incorrigible, la plus intraitable et la plus stupide qu'il ait jamais connue ! Si intraitable qu'elle était prête à se faire du mal et à nuire aux intérêts de son fils pour marquer un point.

— Exactement, dit-elle en relevant le menton. C'est à prendre ou à laisser.

Hélas, ce qu'il aurait voulu, en cet instant, c'était faire disparaître cette moue stupide de sa bouche… par un baiser.

Il chassa cette idée ridicule en essayant de contrôler la chaleur brûlante qui se diffusait dans tout son corps.

Il déraillait complètement.

Il lui tourna le dos pour traverser la pièce et aller regarder par la fenêtre les vagues qui se fracassaient sur les rochers, comme en écho à son humeur tumultueuse.

Même le paysage semblait maintenant se moquer de lui.

Il se passa la main dans les cheveux en essayant de respirer plus calmement et d'apaiser la flamme qui le dévorait, pour au moins réussir à penser.

Il enfonça les poings dans les poches de son pantalon, bien trop conscient de la présence de Carmel derrière lui, qui attendait sa réponse.

Malheureusement, elle le tenait à la gorge, même si elle ne le savait pas encore, et il n'avait aucune échappatoire. Son honneur ne pouvait pas en sortir intact après ce qui s'était produit quatre ans plus tôt et le rôle qu'il avait joué dans ce drame. Celui d'un monstre, semblable à son propre père.

Quatre ans plus tôt, il avait détruit l'innocence de Carmel O'Riordan.

Peut-être était-elle consentante et capable de décider par elle-même, en dépit de sa jeunesse et de son manque d'expérience… Mais il avait honteusement profité de l'alchimie physique qui existait entre eux, et embrassé et caressé son corps partout où il savait pouvoir porter le désir à son point d'incandescence. Ses réactions aussi passionnées qu'ingénues avaient enflammé sa propre libido jusqu'à lui faire oublier sa prudence habituelle. Il en était le seul responsable car, à cette époque, elle n'avait pas la moindre idée de l'effet qu'elle pouvait produire sur lui.

Pour aggraver ses crimes, il lui avait envoyé ce texto abominable et irréfléchi. Et puis, il y avait l'enfant innocent qui n'avait pas choisi d'être impliqué dans cette horrible situation. S'il voulait continuer à vivre en accord avec lui-même, il allait offrir à ce garçon – son fils – tout le soutien dont il pourrait avoir besoin. Au moins financièrement.

Comment avait-elle pu penser qu'il était incapable d'être père et que son fils irait bien mieux s'il n'intervenait pas dans sa vie ? Il aurait pu sans doute lui expliquer ce qu'il avait vécu durant son enfance dévastée et privée de tout sentiment, mais il s'était déjà suffisamment humilié pour aujourd'hui avec les confidences qu'il avait été obligé de faire. Et puis, même s'il révélait à Carmel la réalité de son éducation qui l'empêchait à tout jamais d'exercer le rôle qu'elle aurait voulu qu'il joue, cela ne suffirait pas. Car elle avait la tête aussi dure que la droite de son frère.

Et surtout, il n'avait pas la moindre envie de réveiller tous ces vieux souvenirs depuis longtemps enterrés.

Il respira à fond pour tenter de refouler l'incontrôlable émotion qui lui nouait le ventre et trouver à cette impasse une solution acceptable. Son regard se concentra sur les vagues qui venaient s'écraser contre les rochers avant de refluer sur la plage de la petite baie.

L'eau étincelait sous le soleil printanier qui illuminait aussi les falaises herbeuses d'un vert éclatant et les jardins du château. Quelques invités s'attardaient encore près de l'entrée de la chapelle. Ross aperçut un jeune enfant accompagné par un couple dont la jeune femme était enceinte. Son cœur s'apaisa et, oubliant sa fatigue et sa colère, il observa le petit garçon turbulent et insouciant qui courait dans tous les sens tandis que l'homme – visiblement mal à l'aise dans son costume – le pourchassait. Il suivait les instructions de sa femme qui paraissait s'amuser beaucoup.

Une seconde... Ce garçon ne serait-il pas... ?

Il s'écarta vivement de la fenêtre, la gorge serrée, et vit que Carmel l'observait avec une étrange intensité, comme si elle lisait dans ses pensées. Il s'efforça donc de rester impassible et de dissimuler le flot d'émotions qui le submergeait.

Soudain, il comprit que, pour sortir de cette impasse, la seule solution était de lui montrer quels sentiments il se sentait capable d'éprouver et lesquels lui étaient interdits.

Elle se tenait debout, légèrement déhanchée, les bras croisés, et cette posture accentuait la grâce de sa silhouette. Le soleil illuminait sa chevelure décoiffée et sa peau claire. Mais cette fois, au lieu de se défendre contre l'inévitable montée du désir, il préféra l'accueillir.

Pourquoi ne pas envisager d'avoir avec elle une relation purement physique, sans aucun engagement ? Jamais il ne s'était engagé et il n'envisageait pas de le faire. Il ne pouvait donc rien apporter à ce gamin insouciant et énergique. C'était la vérité, une vérité que Carmel O'Riordan devrait bien finir par accepter.

Elle était franche et intelligente, et cette nuit-là, ce qui l'avait attiré, c'était précisément cette faculté qu'elle avait d'expliquer ce qu'elle ressentait avec esprit et courage, sans songer aux conséquences, et il l'avait trouvée très… rafraîchissante. Elle l'avait amusé, intrigué, et très excité, peut-être parce qu'il avait toujours dû dissimuler avec soin ses sentiments.

Même si la maternité l'avait fait mûrir trop vite au cours des années suivantes, concernant les hommes, elle était restée désespérément naïve.

— Carmel, je crois que, notre problème, c'est que tu ne me connais pas. Nous avons passé une nuit…

Il s'éclaircit la gorge pour se donner le temps de chercher l'adjectif approprié : excitante, merveilleuse, bouleversante ?

— Une nuit divertissante, reprit-il. Cela s'est arrêté là. Peut-être pourrais-tu passer quelque temps avec moi ? Tu te rendrais compte alors que je ne suis pas le genre d'homme avec lequel tu aurais envie de vivre.

Il fit un pas en avant pour lui effleurer la joue du bout du doigt et ramener une mèche folle derrière son oreille. Elle tressaillit, le souffle court, et son regard s'assombrit. Il se força à laisser retomber sa main : comme il s'y attendait, ce contact avait été électrisant, ce qui le confortait encore plus dans son appréciation de la situation.

— Par ailleurs, je ne suis pas du bois dont on fait les pères.

Une provocation pure et simple. Il doutait qu'elle la laisse passer.

Entre eux, l'étincelle existait toujours, risquant de tout enflammer. Compte tenu de ce qui s'était passé quatre ans plus tôt, était-elle prête à courir le risque de ranimer cette flamme ?

Elle secoua légèrement la tête, comme si elle se réveillait après être entrée en transe. Une succession d'émotions passa sur son visage – surprise, confusion, désir… puis panique quand le déclic se produisit.

Si naïve et inexpérimentée qu'elle ait été jadis, elle devait quand même savoir aujourd'hui que, si elle acceptait son offre, ils joueraient tous les deux avec le feu.

Il vit le regard bleu vif de Carmel s'éclairer et sa bouche exprimer la plus ferme résolution.

— C'est une très bonne idée. J'accepte. En partageant ton toit, je pourrai mieux apprécier ton style de vie et ta capacité à être un vrai père. Je peux même venir chez toi dès aujourd'hui, puisque de toute façon Mac devait aller passer une semaine chez ma sœur Immy et son mari, Donal, pendant que je terminais une commande. Pourrai-je emporter mes peintures avec moi pour travailler ?

— Tu veux venir chez moi dès ce soir ? questionna-t-il, ébahi tout autant par la rapidité de sa décision que par la montée brutale de son propre désir. Et rester une semaine ?

— Oui. Où habites-tu ?

— À New York.

En l'imaginant débarquer dans son appartement de Tribeca, il sentit son cœur battre plus vite. C'était très grand, mais pas assez cependant pour qu'ils puissent cohabiter sans qu'il se rende compte de sa présence. Jamais il n'avait vécu aussi longtemps avec une femme.

— Vraiment ? Je ne suis encore jamais allée à New York, mais il paraît que c'est une ville merveilleuse, dit-elle en rougissant un peu.

Elle écarta les mèches tombées sur son visage d'un geste nerveux qui suggérait qu'elle n'était pas aussi sereine qu'elle voulait bien le faire croire – maigre consolation pour lui.

— Je vais avoir besoin d'un petit moment pour faire mes bagages et mettre au courant Mac et ma famille, souffla-t-elle. Surtout Conall. Quand veux-tu que nous partions ?

Il la regarda, cherchant à savoir si elle était sérieuse. Elle avait donc réellement l'intention de venir passer une semaine à New York avec lui !

D'un côté, il aurait mieux aimé refuser parce qu'il ne désirait pas vraiment la laisser passer au crible son mode de vie et ses motivations, mais quelque chose l'arrêta. Peut-être la fatigue émotionnelle le terrassait-elle enfin après ces sept heures de vol de nuit pour venir protéger une sœur avec laquelle il n'avait quasiment plus échangé un mot depuis des années. Ou le choc de revoir la femme qui avait hanté ses rêves pendant si longtemps, et de découvrir qu'il était père, contre toute attente. Ou ce désir qui grondait encore au creux de son ventre. Quoi qu'il en soit, il se sentait incapable de réfléchir, mais… peut-être était-ce quand même le meilleur moyen de la persuader qu'il ne pourrait jamais devenir vraiment le père de son fils ?

— Je préférerais partir le plus vite possible. Peux-tu être prête dans une heure ?

S'ils devaient cohabiter, mieux valait qu'elle comprenne que ce serait à ses conditions à lui, pas à elle.

— Laisse-moi deux heures. Je voudrais que tu fasses la connaissance de Mac avant que nous partions. Nous ne lui dirons pas qui tu es. Pas encore. Et cela nous permettra de bien garder en tête la raison de ce voyage.

— D'accord.

Cette rencontre avec leur fils pourrait constituer une première étape pour la convaincre qu'il ignorait tout des enfants. Comme elle quittait la pièce, son regard s'attarda sur le léger roulement de ses hanches que mettait en valeur la coupe ajustée de sa robe de demoiselle d'honneur, ce qui raviva son désir.

Super. La semaine suivante va être une pure torture, et tu seras le seul à blâmer.

4.

— Non, tu n'iras pas ! Je ne te le permettrai pas. Tu as perdu la tête ?

Mel sentit la moutarde lui monter au nez et fixa son frère aîné droit dans les yeux. Conall avait toujours su dire exactement ce qu'il fallait pour la rendre folle de rage.

— Dis donc, Conall, je suis une adulte et ça ne te regarde pas, rétorqua-t-elle, soudain bien plus certaine d'avoir envie d'entreprendre ce voyage.

Sans sa veste de smoking et sa cravate, le teint enluminé par les nombreux toasts qu'il avait portés durant la réception qui avait suivi le mariage, il aurait dû être plus détendu, mais le muscle qui tressaillait sur sa mâchoire prouvait le contraire. Durant l'entretien qu'elle avait eu avec Ross, il s'était tenu à l'écart pour lui ménager une certaine intimité, comme elle le lui avait demandé, et elle devait l'en remercier ou plutôt en remercier Katie, sa nouvelle épouse qui avait dû œuvrer pour le ramener à la raison. Elle se tenait debout à côté de lui, ravissante dans sa robe de mariée, et apparemment elle ne s'inquiétait pas trop de voir ces deux-là gâcher le plus beau jour de sa vie avec leur drame familial.

— Tu es aussi une mère, ajouta Conall sur un ton plus offensif. Y as-tu seulement réfléchi ?

Sa spécialité : appuyer là où ça faisait le plus mal.

Jusque-là, jamais elle n'avait quitté Mac plus d'une

nuit, mais ce séjour d'une semaine chez Imelda et son mari Donal était prévu de longue date car, ces derniers mois, Mel avait été submergée par le travail, et elle devait terminer une importante commande. Conall avait raison, elle aurait bien du mal à abandonner Mac toute une semaine, mais cette séparation serait bien plus dure pour elle que pour son fils, qui s'était toujours montré très sociable et rempli de confiance en lui. Elle devait en remercier son frère et sa sœur, restés très proches d'elle : quand ils s'étaient retrouvés orphelins, sa sœur et elle avaient respectivement huit et six ans et Conall dix-huit. Ils avaient alors connu des épisodes difficiles et quelques crises majeures. En tant que tuteur, Conall avait sacrifié sa jeunesse pour leur servir à la fois de mère et de père. Et quand elle était revenue de Londres enceinte, seule et dévastée par l'attitude de Ross De Courtney, Imelda et son frère n'avaient pas hésité un instant à l'aider, matériellement et moralement. Bien sûr, ils l'avaient critiquée, surtout Conall, mais ils lui avaient apporté aussitôt leur appui. Grâce à eux, ainsi que désormais Donal et Katie, Mac avait compris qu'il faisait partie d'un groupe familial qui ne se réduisait pas à deux personnes. Cela expliquait pourquoi il était aussi solide et épanoui, même s'il était le fils d'une mère célibataire de dix-neuf ans qui s'était demandé comment s'y prendre avec lui quand on le lui avait mis dans les bras, après six heures d'un accouchement difficile.

Consciente de la chance qu'elle avait de bénéficier de ce soutien inébranlable, elle leur en était très reconnaissante. Mais s'il y avait la moindre chance que Mac puisse avoir un vrai père, elle se devait de la saisir. Elle en avait déjà discuté avec Imelda en détail et lui avait exposé comment elle communiquerait chaque jour avec Mac en visio. Si jamais sa sœur constatait chez lui le moindre signe de désarroi, Carmel rentrerait en Irlande par le premier vol.

Néanmoins, le regard accusateur que Conall lui avait jeté avait ébranlé sa confiance en elle déjà bien vacillante.

— Je sais tout ça, Conall, dit-elle avec une assurance qu'elle était loin de ressentir. Mais si je le fais, c'est pour Mac, au cas où Ross pourrait vraiment être un père pour lui.

Sur la défensive, elle refusait de se poser la question qui affleurait à sa conscience depuis que Ross l'avait touchée et qu'elle avait senti le désir exploser en elle. Et si cette cohabitation rendait cette attirance plus puissante encore ? Elle ignorait comment la contrôler, car elle n'avait jamais rien ressenti de semblable pour un autre homme ni eu de relation depuis cette nuit-là.

— Alors comme ça, tu t'imagines que dans l'intérêt de ton fils tu dois passer la semaine avec ton ex-amant, déclara Conall sur un ton très sceptique. Personnellement je ne trouve pas ça très opportun.

Elle le contempla, regrettant de ne pas se sentir aussi furieuse qu'elle aurait voulu l'être. Et si, après tout, il avait raison ? Si c'était bien à cause du désir qui la taraudait qu'elle avait accepté l'invitation de Ross ? Une invitation sans doute motivée, chez lui, plus par la frustration que par la résolution d'être père.

Elle se haïssait à l'idée qu'elle était peut-être inconsciemment déterminée à faire resurgir Ross dans sa vie et dans celle de son fils. Elle redoutait de s'égarer, de devenir triste, faible et pitoyable : si cet homme ne pouvait être père, il n'était pas non plus capable d'aucune autre forme d'engagement. Et pire que tout, elle se retrouverait comme la petite fille qu'elle avait jadis été et qui réclamait l'amour de sa mère, même si celle-ci ne pouvait pas le lui donner.

— Arrête, Conall ! intervint Katie d'une voix douce mais ferme, interrompant les mille questions qui tournaient dans la tête de Carmel. Mel a le droit de décider pour Mac et pour elle-même sans que tu interviennes.

— Pour l'amour de… Katherine, pourquoi te ranges-tu de son côté ? s'écria-t-il, visiblement blessé. Peut-être ton frère n'est-il pas le monstre que je croyais, ajouta-t-il parce que Carmel lui avait expliqué pourquoi Ross n'avait pas cru possible d'être le père de Mac – la révélation de sa vasectomie à l'âge de vingt et un ans les avait laissés bouche bée –, mais ce n'est pas un homme à qui j'ai envie de confier ma sœur pour aller passer une semaine à l'étranger. Il n'a jamais entretenu de relation sérieuse avec personne dans sa vie, pas même avec sa propre sœur. J'en déduis que jamais il ne pourra faire un bon père pour Mac…

— Tu n'as pas tort, coupa Carmel, mais, quoi qu'il en soit, je préfère m'en assurer par moi-même.

— Ça, je l'ai compris. Tu veux offrir à Mac toutes les chances de vivre avec son père, et peut-être De Courtney peut-il nous faire une bonne surprise sur ce point. Mais t'en aller passer une semaine avec lui à New York, soi-disant pour que vous fassiez connaissance, est-ce vraiment le meilleur moyen d'y parvenir ? Et qu'est-ce que ça implique ? Que tu es décidée à partager son lit ?

— Conall ! s'exclama Katie.

— Ça, ça ne te regarde pas ! cria Carmel en même temps qu'elle.

Cette tête de mule ! Comment osait-il ?

L'outrage avait balayé le souvenir de la petite fille triste et ses derniers doutes pour lui rappeler quelle femme elle était devenue.

— Comme tu le sais déjà, la réponse est non, reprit-elle sur un ton radouci.

Elle était ridicule. Ross De Courtney l'attirait encore, et alors ? Elle aurait bien dû s'y attendre. Après tout, c'était le seul homme à qui elle s'était jamais offerte. Et puis, il était… Elle respira à fond, consciente du bien-être qu'elle ressentait depuis qu'elle l'avait revu, deux heures plus tôt.

Mais l'important, ce n'était pas le pouvoir de séduction

de Ross De Courtney. Elle n'était plus une gamine de dix-neuf ans, téméraire et en manque d'affection, une petite fille privée de l'amour de sa mère. Devenue elle-même une mère, elle se trouvait à la tête d'une entreprise florissante de portraits d'animaux de compagnie, et Ross lui avait déjà brisé le cœur par le passé. En un mot, elle était pleinement adulte. Elle avait travaillé dur pour gagner sa vie et celle de son fils, et elle n'avait pas l'intention de renoncer à tout ça pour quelques sensations fortes. Même si elle en avait très envie.

— Tu as raison, excuse-moi, déclara Conall en lui jetant un regard contrit. Ma remarque était exagérée. Mais c'est juste que… Je suis ton grand frère et je ne veux pas te voir de nouveau souffrir, ajouta-t-il en l'étreignant.

Elle se laissa aller contre lui, rassurée par l'odeur de son eau de Cologne à laquelle se mêlait celle du whisky single malt qu'il avait bu. Elle le prit par la taille pour le serrer contre elle à son tour, consciente qu'ils avaient fait du chemin depuis cet horrible matin de Noël où Conall avait découvert le corps sans vie de leur mère…

Après cette tragédie, elle l'avait trop souvent repoussé, surtout quand elle était adolescente et ne perdait jamais une occasion de faire des bêtises, pour tester jusqu'où elle pourrait aller. Résultat, quelques scènes épiques, mais il avait toujours tenu bon. Car Conall n'était pas seulement une tête de mule arrogante au caractère aussi emporté que le sien, il était presque trop loyal, et plus solide que les falaises toutes proches.

Elle sentit les yeux lui piquer quand elle les releva vers son visage si familier.

— Pour moi, tu as été bien plus qu'un grand frère, Conall. Oui, beaucoup plus et j'en ai été heureuse. Mais aujourd'hui, il faut me faire confiance. Je sais ce que je fais. D'accord ?

Il respira à fond, lentement. Il était clair qu'il luttait contre l'envie de discuter encore, mais il finit par acquiescer.

— D'accord…

Il la prit par les épaules et posa sur son front un baiser fraternel.

— Je te fais confiance, murmura-t-il, mais, s'il te fait encore du mal, je le tuerai. Point barre.

Elle se força à sourire d'un air confiant, même si les larmes lui montaient aux yeux.

Maintenant, il ne lui restait plus qu'à apprendre comment garder confiance en elle face à Ross De Courtney.

Ce qui n'était pas une tâche facile.

5.

Debout dans l’herbe de l’héliport de Kildaragh, près du Puma qu’il avait piloté depuis Knock pour se rendre sur la propriété de Conall, Ross s’apprêtait à affronter le clan des O’Riordan qui se dirigeait vers lui.

Carmel avait troqué sa robe de demoiselle d’honneur contre un jean skinny et un pull qui ne dissimulaient en rien ses courbes suggestives malgré sa minceur.

Il se contracta pour lutter contre l’inévitable montée du désir et riva son regard à l’enfant dont elle tenait fermement la main et qui sautillait à côté d’elle. Ils semblaient plongés dans une grande conversation qui faisait sourire sa mère.

Derrière eux suivaient la jeune femme enceinte et l’homme qu’il avait aperçus un peu plus tôt dans le jardin – Katie lui avait appris qu’il s’agissait d’Imelda, la sœur de Carmel, et de son mari, Donal. Conall, Katie et deux employés portant des bagages fermaient la marche.

Ross fit un petit signe à sa sœur à qui il avait parlé dix minutes plus tôt. Une conversation laconique et guindée au cours de laquelle il lui avait demandé pardon d’avoir perturbé son mariage et où elle s’était excusée de ne pas l’avoir informé plus tôt de l’existence de son fils.

Katie lui adressa un sourire hésitant mais, en voyant Carmel s’approcher de lui avec le petit garçon, elle s’immobilisa ainsi que son mari. Il était clair qu’en se groupant derrière la sœur de Conall ils tenaient à montrer un front uni.

Le cœur de Ross se serra à l'idée que sa sœur ne s'était pas rangée à ses côtés, même s'il savait que c'était sa faute. Pour être honnête, vis-à-vis d'elle, il ne s'était jamais vraiment comporté en frère. Depuis des années, il aurait dû tenter de renouer, de faire le premier pas. Mais lorsque Carmel s'approcha de lui avec l'enfant, ces pensées s'envolèrent et son cœur se serra davantage encore.

— Bonjour, Ross. Voici Cormac, dit-elle d'une voix un peu hachée. C'est mon fils, et il aimerait te saluer avant que nous partions.

— Bonjour, dit le petit garçon en agitant la main avec un large sourire qui illumina son visage.

Ross cligna des yeux, muet d'émotion, sans savoir comment rendre son salut à l'enfant. Puis, d'instinct, pour être à sa hauteur, il s'agenouilla.

— Bonjour, articula-t-il après s'être éclairci la gorge.

— L'hélico est à toi ? s'enquit le petit bonhomme en pointant le doigt vers l'appareil, au-delà de l'épaule de Ross.

Son accent irlandais le rendait plus craquant encore.

Ross tourna la tête pour se donner le temps de chercher la bonne réponse. Il était surpris d'avoir envie de faire la meilleure impression possible à son fils, même si c'était sans doute l'unique fois où il aurait l'occasion de lui parler…

— Oui, il appartient à mon entreprise, répondit-il, pour s'en tenir aux faits.

— Il est plus gros que celui d'oncle Conall.

— Vraiment ? répondit Ross en souriant, bêtement satisfait de cette réaction.

J'aurai au moins réussi à surpasser Conall par la taille de mon hélicoptère.

L'enfant acquiesça d'un signe du menton avant de tourner la tête.

— Ça t'a fait mal ? demanda-t-il en posant le doigt sur la joue meurtrie de Ross.

Ce contact produisit sur Ross un effet qu'il n'avait encore jamais ressenti.

— Un peu.

— Ça se voit. Maman dit que c'est vilain de taper les gens. Pourquoi oncle Conall t'a tapé ?

— Euh…

Ross s'arrêta, incapable de trouver ses mots. Les oreilles lui brûlaient, et une vague de honte le submergea au souvenir de la façon dont O'Riordan et lui s'étaient comportés en face de cet enfant impressionnable. Quel imbécile il avait été d'agresser ce type !

— Sans doute parce que j'ai essayé de le taper en premier, répondit-il enfin, conscient que cette explication n'avait rien de satisfaisant. Et je l'ai raté.

— Cormac, souviens-toi qu'oncle Conall t'a dit qu'il n'aurait pas dû faire ça et qu'il regrettait de l'avoir fait, dit Carmel en s'agenouillant elle aussi à côté de son fils. Et je suis certaine que Ross le regrette, lui aussi.

Elle avait dit qu'elle ne s'adressait à son fils en l'appelant par son prénom que lorsqu'elle lui faisait la morale. Mais l'enfant ne semblait pas troublé par son ton ferme. Il prit sa mère par le cou et se blottit contre elle.

— Je regrette, articula Ross, parce qu'il lui sembla que le regard de Carmel l'exigeait de lui.

— Oui, maman, mais… c'était quand même très vilain de…

— Monsieur De Courtney, si nous voulons arriver à l'heure fixée pour décoller à Knock, il faut partir maintenant, l'interrompit le copilote.

— Très bien, Brian, merci, dit Ross en se relevant. Je vais monter dans le cockpit pendant que tu dis au revoir à ta famille.

Il avait hâte d'échapper à l'émotion qui lui serrait le cœur. Cet enfant ne ferait jamais partie de sa vie.

— Très bien. J'en ai pour une minute, répondit Carmel.

L'anxiété qu'il lut dans son regard accentua encore son malaise, mais il s'efforça de ne plus y penser. Qu'allait-il sortir de bon de tout cela ? À quoi bon s'intéresser à ce garçon s'il n'était pas capable de nouer une relation avec lui ?

— Au revoir, Cormac, murmura-t-il, ignorant la douleur qui lui déchirait la poitrine.

— Au revoir, monsieur Ross, répondit le petit garçon avec une gravité étonnante pour un enfant si jeune.

Mais au moment où Carmel le reprenait par la main pour se diriger vers sa famille et leur faire ses adieux, l'enfant se retourna et s'écria :

— La prochaine fois que tu viendras, on jouera à chat, comme avec oncle Donal !

— D'accord, répondit-il, bizarrement ému par cette promesse qu'il ne tiendrait jamais…

Parce qu'il n'y aurait pas de prochaine fois.

— Compte tenu des circonstances, je crois qu'il vaudrait mieux en rester là. Je peux te faire ramener à Kildaragh par l'hélicoptère.

Carmel se retourna vers Ross, debout derrière elle dans le jet privé où ils venaient de monter, à l'aéroport de Knock.

— Pourquoi ?

Une fois qu'elle avait eu dit au revoir à Mac et à sa famille, ils étaient restés silencieux, car le bruit des rotors interdisait toute conversation tandis que Ross pilotait l'hélicoptère le long de la côte, en direction de l'aéroport de Knock. Elle en avait profité pour reprendre ses esprits, encore sous le choc d'avoir vu Ross parler à Mac et d'avoir dit au revoir à son petit garçon pour toute une semaine.

Elle n'ignorait rien de la façon de voyager des riches – après tout son frère était milliardaire –, mais elle avait été impressionnée par la rapidité avec laquelle on les avait fait entrer dans le jet privé du groupe De Courtney qui les attendait sur le tarmac à leur arrivée. Mais à peine avaient-ils embarqué qu'elle avait senti chez Ross une réticence grandissante, toute comme la tension qui s'était établie entre eux. Elle respira à fond, et une odeur de cuir neuf lui emplit les narines tandis qu'elle attendait la réponse de Ross.

— Après ma brève conversation avec ce petit garçon, il me semble évident que notre voyage n'a plus de raison d'être.

— Je ne suis pas d'accord, répondit-elle, stupéfaite de la manière dont il interprétait cette rencontre.

Certes, il n'avait guère été à l'aise pour parler à leur fils, mais on pouvait s'y attendre, car on devinait qu'il n'avait pas l'expérience des enfants. Mais elle avait aussi remarqué comme il était ému, même s'il ne voulait pas le reconnaître. Et circonspect, aussi.

— Mac t'aime déjà, dit-elle tout simplement.

— Dans ce cas, il ne sait pas encore très bien juger les caractères, répondit-il en fronçant les sourcils.

— Au contraire, pour un enfant de trois ans, il est déjà très futé.

Il enfonça les mains dans ses poches.

— Donc, tu souhaites toujours m'accompagner ?

— Oui, si c'est possible.

Elle comprit soudain que cet échange ne concernait pas seulement leur fils. L'air était chargé d'électricité, ce qui l'effrayait un peu, malgré ses efforts pour parler de façon franche et ouverte.

Peut-être Ross avait-il raison. Peut-être ce voyage était-il une cause perdue. Une semaine, ce n'était pas assez long pour connaître vraiment quelqu'un, surtout un homme aussi réservé. Mais elle restait convaincue que cela valait la peine d'essayer… Et elle commençait à comprendre que l'enjeu n'était pas seulement le bien-être de son fils.

Ne méritait-elle pas de savoir enfin ce qui l'avait poussée à se comporter de manière aussi folle quelques années plus tôt ? Elle s'était jetée à la tête de cet homme cette nuit-là, et une part d'elle-même en avait toujours eu honte depuis. Peut-être, en allant au fond des choses, comprendrait-elle pourquoi il avait produit sur elle un effet si particulier. Elle pourrait alors pardonner cette erreur à l'adolescente qu'elle avait été. Et se détacher de la petite fille qui cherchait l'amour là où elle ne pouvait en aucun cas le trouver.

Retenant son souffle, elle attendit la réponse de Ross, redoutant d'être allée trop loin. Après tout, c'était une de ses faiblesses. Mais s'il revenait en arrière et déclarait que son voyage se terminait là, elle en serait mortifiée.

Ce moment s'éternisait et, tandis qu'il la dévisageait, elle sentit renaître son désir, plus brûlant que jamais. Le regard de Ross s'était fait plus brillant et plus sombre. Était-il conscient du trouble qu'elle ressentait ?

— Mon offre tient toujours, finit-il par répondre.

Elle laissa échapper un profond soupir. Il s'approcha alors et lui effleura le visage du bout du doigt, avant de lui prendre le menton pour la forcer à lever la tête.

— Mais je dois t'avertir, Carmel, je te désire encore, reprit-il d'une voix rauque d'excitation. Et cela risque de compliquer considérablement les choses.

Elle entrouvrit la bouche, le souffle court, les yeux rivés à ceux de Ross, et ce qu'elle y lut la terrifia et la ravit à la fois. Bien des années plus tôt, il l'avait regardée de la même façon, comme si elle était la seule femme et lui le seul homme dans l'univers.

De la langue, elle humecta ses lèvres trop sèches, et une étincelle passa dans le regard de Ross.

— Tu comprends pourquoi ? demanda-t-il.

— Oui. Je ressens la même chose, répondit-elle sans hésiter. Mais ça ne veut pas dire que nous devons passer à l'acte.

Il émit un petit rire contraint.

— Peut-être, dit-il en laissant retomber sa main.

— Monsieur De Courtney, l'avion est prêt à décoller dans dix minutes. Si Mme O'Riordan et vous voulez bien attacher vos ceintures, intervint le steward qu'ils n'avaient pas entendu approcher.

— Merci, Graham, répondit Ross en se tournant vers lui. Je vais me retirer dans ma chambre. Durant le vol, assurez-vous que Mme O'Riordan ne manque de rien.

— Bien sûr, monsieur.

Sans ajouter un mot, Ross se dirigea vers l'arrière de l'avion. Carmel en resta bouche bée. Était-ce une façon de lui signifier son congé ?

Le steward s'adressa à elle.

— Pouvez-vous boucler votre ceinture ? Dès que l'avion aura pris de l'altitude, je vous montrerai la cabine de repos.

— Bien sûr, mais une minute…, dit-elle en se précipitant vers la porte par laquelle avait disparu Ross.

Elle l'ouvrit et s'immobilisa sur le seuil, stupéfaite. Debout au milieu de la pièce, torse nu, il tenait entre ses mains sa chemise déchirée. Avec ses biceps impressionnants, son ventre plat et musclé, et sa superbe carrure, il était absolument magnifique.

— Tu as besoin de quelque chose ? demanda-t-il.

— Je… Oui.

Les yeux de Carmel remontèrent vers son visage, mais le sourire ironique qu'il lui adressa lui fit perdre totalement contenance. Les joues brûlantes d'excitation, elle lui posa la question qui la tracassait depuis presque une heure.

— Je voulais te demander… Pourquoi t'es-tu mis à genoux pour lui parler ? Je veux dire, à Mac, s'enquit-elle en réalisant qu'elle en avait presque oublié le prénom de son fils.

Il se débarrassa de sa chemise déchirée, sans que sa nudité ait l'air de le gêner.

— Pourquoi me demandes-tu ça ?

— C'est que… Tu as dit que tu ne connaissais rien aux enfants, mais c'est exactement la posture qu'il fallait adopter. Tu m'as impressionnée, et lui aussi.

— Tu crois peut-être que ça suffit à prouver que je suis naturellement doué pour m'occuper d'un enfant ? répliqua-t-il, gêné par cette remarque.

— Je me suis seulement demandé pourquoi tu l'avais fait, répondit-elle sèchement. Rien de plus.

La question de savoir si elle voulait le laisser faire connaissance avec leur fils restait ouverte, et elle avait une semaine pour en décider. Mais comment penser qu'ils pourraient progresser s'il se révélait incapable de répondre à une question aussi simple ?

— Mon père était très grand et à cet âge j'étais très intimidé par sa haute taille. Je n'ai pas voulu faire peur à cet enfant comme mon père me faisait peur. Satisfaite ?

— Oui, dit-elle en sentant un espoir naître en elle.

Après tout, la cause n'était peut-être pas complètement perdue.

Le regard de Ross s'assombrit, et il se mit à défaire sa ceinture.

— Maintenant, si tu ne veux pas me rejoindre au lit pendant ce vol, je te conseille de quitter cette cabine.

Revenue à sa place, et après avoir bouclé sa ceinture, elle réalisa qu'elle avait peut-être été plus troublée qu'effrayée par cette remarque.

6.

Qu'est-ce que je fais là ?

Debout devant l'immense fenêtre du luxueux appartement de Ross De Courtney – un loft installé dans une ancienne filature –, Carmel regardait s'éveiller Tribeca.

La chambre d'amis où elle s'était installée était une véritable œuvre d'art – murs de briques, voûtes de pierre, parquet de noyer et mobilier minimaliste –, incluant un lit assez large pour six personnes et une salle de bains attenante en pierre et briques de verre.

La vue était tout aussi spectaculaire. Du septième étage, elle découvrait, à droite, des bateaux de touristes qui descendaient l'Hudson, en face, la rive du New Jersey et, à sa gauche, la flèche de l'immeuble du One World Trade Center. Comme chaque matin, des New Yorkais pleins de détermination, en costume-cravate et baskets, un café acheté dans un bar à la main, sortaient du métro ou s'y engouffraient, évitant les coursiers à vélo et les voitures aux klaxons retentissants.

Grâce à son frère Conall, elle avait une idée de la vie luxueuse que menaient les milliardaires, et le loft de Ross De Courtney, situé dans un des quartiers les plus cool de Manhattan, lui paraissait plus plaisant encore qu'elle ne se l'était imaginé. Mais l'énergie anxieuse et déterminée de tous ces gens qui s'agitaient en bas pour atteindre leur but, comme la modernité épurée de l'appartement de Ross, lui donnaient l'impression de ne pas y être à sa place, et elle se sentait très seule.

Cela faisait vingt-quatre heures qu'elle était arrivée. Elle avait passé le premier jour à explorer l'immense loft et le quartier, et à s'aménager un espace de travail dans l'atrium où elle avait installé son matériel. Elle s'était aussi accordé quelques petites siestes. Mais elle avait à peine aperçu l'homme qu'elle espérait mieux connaître grâce à ce séjour.

En soupirant, elle avala une gorgée de café. Après s'être réveillée à l'aube, elle avait mis vingt minutes à comprendre comment fonctionnait le percolateur dernier cri – sans doute les effets du décalage horaire…

La veille, durant le trajet en limousine de l'aéroport à Tribeca, Ross n'avait pas cessé de téléphoner. Une fois dans l'appartement, il lui avait demandé de faire comme chez elle, et lui avait donné un trousseau de clés et le numéro de son assistant de direction, avant de se rendre directement à son bureau où il avait « une affaire importante à régler ».

Depuis, elle ne l'avait plus revu et elle ne savait même pas s'il était dans le loft, ce matin. La veille, elle avait fait un gros effort pour rester éveillée de façon à le voir quand il rentrerait, mais elle avait fini par sombrer vers 20 heures, heure de New York, et par dormir comme une souche jusqu'à 4 heures du matin. Elle ne l'avait pas entendu rentrer.

Est-ce qu'il m'évite ?

Elle avala une autre gorgée de café. Le souvenir des quelques mots qu'elle avait échangés en visioconférence cinq minutes plus tôt avec son petit Mac l'accabla et accentua encore son impression de solitude.

— Maman, je ne peux pas te parler parce que oncle Donal m'emmène voir les chevaux.

— Très bien, mon cœur, je te rappelle demain.

— Oui, salut !

Il avait disparu, et Imelda l'avait remplacé, le sourire aux lèvres.

— Merci beaucoup de nous l'avoir confié une semaine, Mel, avait-elle dit, la main posée sur son ventre. Il faut qu'on s'entraîne pour l'arrivée du bébé, et Mac est adorable. Hier soir, il est allé se coucher sans protester.

— C'est super, Immy, avait-elle répondu.

Les larmes lui étaient montées aux yeux à la pensée que son fils se comportait aussi bien. Mieux qu'elle ne s'y attendait.

Il lui manquait beaucoup. C'était tellement étrange de ne pas voir son visage dès qu'elle s'éveillait ! Elle se demandait alors pourquoi elle était venue là, dans l'espoir d'en apprendre un peu plus sur un homme qui n'avait visiblement aucune envie de la connaître, elle. Ni Mac non plus.

— S'il y a le moindre problème, contacte-moi, avait-elle dit à sa sœur, en espérant presque qu'Imelda lui fournirait un prétexte pour abandonner une entreprise vouée à l'échec. Si c'est nécessaire, je peux rentrer par le premier avion.

— Bien sûr, mais pour le moment, Mac va très bien et il n'a même pas dit que tu lui manquais, avait répondu Imelda avec sa franchise habituelle, avant d'ajouter avec un clin d'œil à Carmel : Et toi, comment ça se passe avec son beau gosse de père ?

— Je ne suis pas venue vérifier ce genre d'information, Immy, avait répondu sèchement Carmel, les joues en feu au souvenir de Ross, torse nu dans la petite chambre de son jet. Je suis ici pour le connaître un peu mieux et discuter de Mac avec lui, de la place qu'il peut occuper dans sa vie, voilà tout.

— Bien sûr, c'est très important pour toi, avait répondu sa sœur, sans chercher à dissimuler l'étincelle malicieuse qui s'allumait dans son regard, à des milliers de kilomètres de là. Mais tu ne peux quand même pas nier qu'il est séduisant, n'est-ce pas ?

Oui, Immy, tu as parfaitement raison.

Le bruit du timbre de l'appartement l'arracha à ses pensées, et sur la pointe des pieds elle alla jusqu'à la porte de sa chambre pour voir ce qui se passait. Si Ross allait ouvrir, elle saurait qui avait sonné et elle pourrait ensuite lui parler avant qu'il quitte l'appartement. Peut-être réussirait-elle à prendre le petit déjeuner avec lui ? Même si l'imaginer dans une tenue décontractée la déstabilisait davantage encore.

La sonnette retentit une seconde fois, puis il y eut un bruit… Un aboiement ?

Stupéfaite, elle aperçut Ross juste au-dessus d'elle, dans la mezzanine. Il descendit ensuite l'escalier métallique qui conduisait au rez-de-chaussée du loft, vêtu d'un short et d'un T-shirt, les cheveux en bataille et l'air ensommeillé. Il passa sans s'arrêter devant la chambre de Carmel pour emprunter le couloir qui menait à l'entrée, et elle le vit s'affairer à déverrouiller les différentes serrures qui fermaient la porte blindée tandis que, derrière, les aboiements redoublaient.

Le T-shirt moulait ses muscles impressionnants et accentuait sa large carrure. Le regard de Carmel s'attarda sur son dos avant de se fixer sur ses fesses parfaites que mettait en valeur un boxer noir.

Il ouvrit la porte, et elle fut ébahie de voir un énorme chien se précipiter dans la pièce en griffant au passage le splendide plancher.

— Salut, mon bébé. Je t'ai manqué ?

L'animal bondit pour poser ses énormes pattes sur les épaules de son maître. À quelle race pouvait-il bien appartenir ? Dans son enthousiasme, il aurait sans doute renversé n'importe qui d'autre, mais Ross ne se laissa pas démonter par cet assaut qu'il avait l'air d'apprécier, et soutint le choc tandis que l'énorme chien lui témoignait une affection débordante.

Ross De Courtney avait donc un chien ! Incroyable !

Au lieu de chercher à calmer l'exubérant animal, il se mit à le gratter entre les oreilles en riant bruyamment.

— Du calme, Rocky, dit-il en prenant le chien par le collier pour l'écarter. Assis !

Le chien l'ignora et se contenta de piétiner d'avant en arrière, fou de joie.

— Rocky, assis !

Cet ordre ferme avait été donné par une petite femme entre deux âges, vêtue d'une salopette et de bottes de moto, dont la chevelure afro était retenue par une écharpe multicolore.

Rocky obéit aussitôt, sans quitter Ross des yeux, comme s'il était l'être le plus merveilleux du monde.

— Comment vous y prenez-vous, Nina ? murmura celui-ci, vexé, tandis que la femme offrait au chien une friandise tout en lui tapotant la tête.

Carmel sourit. Elle se sentait aussi pataude que l'animal qui, après tout, lui paraissait très sympathique.

Ross De Courtney possédait un chien qui l'adorait.

— L'habitude, répondit la dresseuse tout en sortant de son sac un bol, une couverture et une laisse qu'elle posa sur le plan de travail de la cuisine.

Puis, après avoir caressé le chien entre les oreilles, elle se dirigea vers la porte.

— Il faudrait que vous lui montriez qui est le maître, Ross, et pas seulement en paroles.

— Vous avez raison, répondit-il, toujours aussi mortifié. Je croyais pourtant qu'il avait compris.

La femme émit un léger toussotement d'incrédulité.

— Les chiens sont intelligents, ils savent jusqu'où ils peuvent aller avec chaque personne.

Ils échangèrent quelques mots concernant la semaine

suivante : Nina promenait et gardait Rocky régulièrement, et s'occupait de lui quand Ross devait s'absenter. Puis elle s'éclipsa tandis que Carmel continuait à observer la scène par sa porte entrouverte, consciente de les espionner mais incapable de s'en empêcher.

Ross s'occupait bien de son animal adoré. Il l'avait apaisé d'une voix ferme et calme, le récompensant chaque fois qu'il obéissait. Puis il l'avait abreuvé et nourri avant de se verser un mug de café et de remplir un bol d'une bonne ration de céréales plus appréciées par les enfants que les adultes. L'affection de Ross pour l'animal, croisement hasardeux entre un lévrier irlandais et un labrador, était évidente – il le laissait même faire la sieste sur le luxueux tapis, au milieu du salon.

Ross De Courtney avait un côté bienveillant qu'il ne lui avait pas dévoilé jusque-là, et qu'il refusait même de reconnaître. Il bâilla bruyamment en se passant la main dans les cheveux, et l'émotion qu'elle ressentait se transforma en une sensation beaucoup plus concrète : un retour de cette douce chaleur, au creux de son ventre. Bien déterminée à l'ignorer, elle s'éclaircit la gorge pour manifester sa présence.

Ross tourna la tête, et son regard se riva à elle. Elle sentit le rouge lui monter aux joues.

— Tu t'es levée de bonne heure, constata-t-il sèchement. Cela fait longtemps que tu es là ?

Le ton affectueux qu'il avait employé pour parler à son chien avait disparu, tout comme son allure détendue. Le milliardaire ténébreux était de retour, circonspect, vigilant, maître de lui-même. Sauf que, pour lui, c'était plus difficile de donner le change maintenant qu'il était assis sur un tabouret de cuisine devant ce bol de céréales trop sucrées que Mac aurait adorées. Mais elle avait eu un aperçu de l'homme qui se cachait derrière ce masque, et cela lui permettait d'espérer.

Au moment même où elle pénétra dans la cuisine, elle prit conscience qu'elle était encore en chemise de nuit. Trop tard… Le regard de Ross glissa sur ses jambes nues avant de remonter jusqu'à sa poitrine, libre de tout soutien-gorge. Le sang de Mel se mit à bouillir dans ses veines, mais elle se contraignit à avancer. Pas question de reculer, ni de s'excuser. Elle se devait d'aborder avec lui ce sujet crucial.

— Suffisamment longtemps pour constater que tu aimes bien Rocky.

En entendant son nom, le chien dressa les oreilles et se précipita vers elle. Elle l'accueillit en riant, surprise mais ravie car il ressemblait beaucoup à un chien dont elle avait récemment fait le portrait : une oreille aplatie, le museau barré d'une cicatrice et les yeux vairons.

— Mais ton fils, lui, tu n'es pas capable de l'aimer ?

— Ça n'a rien à voir, grommela Ross, furieux qu'elle l'ait épié. Un chien n'est pas un enfant !

Il aurait bien aimé pouvoir contrôler la bouffée de désir qui l'assaillait pour se concentrer sur leur conversation et sur l'agacement qu'elle provoquait en lui.

La veille, il avait travaillé tard, relevant ses e-mails et organisant des conférences téléphoniques avec ses filiales asiatiques, précisément pour éviter ce genre de scénario. Et aujourd'hui, il avait prévu de sortir dès que Nina lui aurait ramené Rocky, mais il s'était réveillé trop tard. Voilà donc qu'ils se retrouvaient tous deux en tenue légère avec son chien pour seul chaperon.

— Si tu peux créer un lien avec Rocky, pourquoi doutes-tu tellement de pouvoir t'entendre avec Mac ? répéta-t-elle, les joues en feu, preuve indubitable qu'elle lisait dans ses pensées, ce qui ne manqua pas d'aggraver encore le trouble qu'il ressentait.

Il enfourna une bonne cuillérée de céréales et la mâcha longuement dans l'espoir de se concentrer sur autre chose que cette nuisette et de formuler une argumentation cohérente.

— Un enfant exige beaucoup de disponibilité, et il se trouve que je suis un vrai drogué du travail.

Ce qui était vrai. Sa vie sociale était très limitée, ce qui était loin de lui déplaire. Quand il avait pris les rênes de De Courtney après la mort de son père, il avait mis beaucoup de temps et éprouvé bien des difficultés à faire entrer la compagnie, qui battait de l'aile, dans le XXIe siècle. Mais il avait vite découvert qu'il trouvait ce travail gratifiant, et qu'il était doué dans ce domaine.

En particulier pour réparer tous les déboires que son père avait fait subir au groupe par son approche autocratique et dépassée du recrutement et de la formation. D'ailleurs, l'idée que celui-ci se retournait dans sa tombe en constatant les changements qu'il avait lui-même apportés aux structures archaïques et au management de l'entreprise avait beaucoup réjoui Ross.

De toute façon, jamais il n'avait eu une vie sociale très active et il n'assistait qu'aux événements où il était indispensable qu'on le voie. Katie constituait sa seule famille, et depuis des années il lui parlait à peine. Il avait cependant quelques amis à New York avec qui il partageait de temps en temps une bière ou jouait au squash. D'ailleurs, s'il avait déménagé aux États-Unis, c'était aussi parce qu'il appréciait la solitude et l'anonymat dont il bénéficiait à la tête d'un conglomérat international spécialisé dans la logistique. Quant à sa vie privée, il avait toujours veillé à bien la dissocier de ses autres activités.

Tout cela prouvait amplement qu'il n'avait pas vocation à être père. Rien à voir avec la facilité avec laquelle il avait adopté Rocky après avoir trouvé le chiot pleurant et roué de coups dans une benne à ordures, près de chez lui, deux ans plus tôt. Il avait alors spontanément décidé de le recueillir.

— C'est vrai, reconnut Carmel. Un enfant exige une attention complète, du moins pendant un certain temps, et j'ai déjà remarqué à quel point tu es pris par ton travail.

Il sentit son cœur se serrer sans que son désir s'apaise pour autant.

— Et puis, je vis à New York, ce qui signifie que je ne pourrais accorder à Mac qu'un temps très limité, ajouta-t-il pour bien enfoncer le clou, en dépit du vide qu'il ressentait au creux de la poitrine.

Le regard bleu saphir de Carmel s'éclaira soudain.

— C'est la première fois que tu prononces son prénom, s'exclama-t-elle en souriant, d'une voix vibrante d'espoir.

— Tu crois ? murmura-t-il en s'efforçant de ne pas réagir à ce sourire.

Cette fille était encore plus étourdissante quand elle souriait. Son expression de joie pure et sans inhibition était une arme létale… Comment avait-il pu oublier les effets dévastateurs que son sourire avait jadis eus sur lui ? Ce besoin de lui plaire, de l'entendre rire, lui avait fait totalement perdre la raison quatre ans plus tôt.

Il savait qu'il serait dangereux de la ramener à New York, mais sa libido l'inquiétait moins que le gouffre qui se creusait dans sa poitrine dès qu'elle faisait mine de l'approuver.

— C'est un signe très positif, déclara-t-elle.

— À ta place, je n'en ferais pas grand cas, répondit-il pour tempérer sa joie, mais sur un ton défensif qui le surprit lui-même.

Que se passait-il donc ? Il n'avait besoin de l'approbation de personne. Ni qu'on l'autorise à vivre sa vie comme il l'avait choisi, en évitant précisément le genre d'attachement dont elle vantait les mérites. La douleur et le vide qu'il éprouvait n'avaient aucun sens. Dès sa plus tendre enfance, il avait refusé ce genre de relations, après avoir découvert que son père ne l'aimait pas et ne l'aimerait jamais, et qu'il se servait seulement de lui pour parvenir à ses fins. Il ne considérait pas ce refus comme une carence mais comme une force. Parce que, dès qu'il avait admis cette vérité, il avait fait en sorte de ne plus dépendre de personne.

Certes, Rocky s'était peut-être immiscé dans son cœur, mais il n'y avait plus de place pour aucun autre engagement. Pourquoi ne parvenait-elle pas à le comprendre ?

Il allait le lui expliquer quand elle le devança.

— Tu n'as pas dit que tu ne voulais pas être père, mais que tu ne pouvais pas l'être.

— J'avais subi une vasectomie quand j'avais vingt et un ans. Je pense que cela suffit à clore la discussion.

— Tu crois ? demanda-t-elle en le toisant de cet air franc qui lui donnait l'impression qu'elle lisait jusqu'au fond de son âme…

Une âme qu'il avait passé sa vie à protéger justement de ce genre d'intrusion, et qui lui paraissait soudain bien trop exposée.

— Ce qui est important, poursuivit-elle, ce serait de savoir pourquoi tu as exigé cette intervention. Or tu ne me l'as pas encore dit.

— Je ne voulais pas être père, répondit-il simplement.

Elle avait raison. Pourquoi avait-il refusé d'être père ? Il ne s'était jamais posé la question. C'était la conséquence d'un instinct primitif qui lui avait toujours fait refuser qu'une femme, par sa faute, se retrouve enceinte.

Elle croisa les bras sur sa poitrine, visiblement impressionnée par sa réponse, mais son regard ne tarda pas à se radoucir.

— Mais maintenant que tu es père, qu'éprouves-tu à l'égard de Mac ?

— Je me sens responsable et plein d'effroi, répondit-il, surpris d'avoir formulé la vérité.

— Plein d'effroi ? Pourquoi ?

Dans le regard de Carmel, il lut une lueur d'espoir et d'excitation, comme si elle venait de trouver la clé de l'énigme alors qu'il n'y avait rien à deviner, et cela finit de le déstabiliser.

— Je redoute de lui faire subir ce que mon propre père m'a fait endurer, et qu'il avait lui-même enduré. Dans la famille De Courtney, on se transmet cette relation qu'aucun enfant ne devrait recevoir en héritage, répondit-il, bien décidé à mettre fin à cette conversation.

Mais au lieu de renoncer et de comprendre qu'elle défendait une cause perdue – il ne pouvait pas offrir à son fils ce qu'il ne possédait pas –, elle le contempla d'un regard plus doux encore.

— Que t'a donc fait ton père pour que tu sois à ce point terrorisé à l'idée d'avoir un enfant ?

Cette question indiscrète et son regard de sympathie lui serrèrent le cœur, et cette douleur l'emplit de rage impuissante.

De quel droit lui posait-elle des questions auxquelles il ne voulait pas répondre ? Par indiscrétion, pour rouvrir la blessure de son enfance ?

— Il ne m'a rien fait dont je n'aie pu me remettre déjà depuis longtemps, grommela-t-il d'une voix rauque, cherchant à s'en convaincre.

— Je ne te crois pas, dit-elle en se penchant au-dessus de la table pour poser les mains sur les siennes.

À ce contact, son désir s'enflamma comme une allumette, remplaçant la colère qui l'animait. Avant qu'elle ait pu retirer sa main, il la prit par le poignet. Elle tressaillit, et il sentit son pouls s'accélérer. Le regard de Carmel s'assombrit sous l'effet d'un désir aussi puissant que le sien.

Il aurait dû être embarrassé de ressentir pareille excitation, mais il était évident qu'elle était partagée. Pourquoi tenait-il tant à le nier ? En y cédant, il semblait chercher les problèmes, mais à vrai dire la situation pouvait-elle devenir plus compliquée encore qu'elle ne l'était ?

Elle était la mère de son fils, et il n'y pourrait rien changer. Impossible de revenir en arrière, cela faisait quatre ans qu'il était trop tard. Depuis qu'il lui avait fait l'amour sans préservatif, avec les conséquences que l'on savait…

Sur ce point au moins, elle avait raison, et tous ses efforts pour nier ce lien ne serviraient à rien. Ce petit garçon méritait d'avoir un père et, même s'il n'était pas doué pour la paternité, il ne pouvait plus se le dissimuler. Pas question pour autant de dévoiler le fond de son âme, pas plus que de nier l'attirance qui les liait et les tourmentait depuis l'instant où ils s'étaient revus, durant la cérémonie.

Sans la lâcher, il se leva, fit le tour de la table, troublé, sans même savoir ce qu'il allait faire, et se planta en face d'elle.

— J'ai un enfant, et on ne pourra rien y changer, reconnut-il, honteux de ne pas l'avoir dit plus tôt. Tu as raison : quels que soient mes doutes, il mérite au moins autant d'attention que Rocky. Mais je ne veux pas en parler maintenant.

Il n'avait pas l'intention de lui expliquer comment il en était arrivé à découvrir cette vérité. Son enfance, c'était de l'histoire ancienne, et en l'exhumant il ne ferait que rendre l'entreprise plus difficile encore.

Bizarrement, il ne se sentait plus aussi paniqué qu'avant. L'enfant avait l'air intelligent, il était adorable. Certes, il ne pourrait pas être un père à plein temps et il faudrait qu'il s'initie à ce job, mais elle aussi, il avait bien fallu qu'elle apprenne. S'il pouvait aimer Rocky, peut-être pourrait-il trouver dans son cœur un moyen de faire mieux que son père. De toute façon, jamais il ne ferait autant de mal que ce monstre. Et il devait à ce garçon d'essayer. Et d'arrêter de fuir.

— En ce moment, je n'ai qu'une idée en tête, c'est toi, dit-il en la regardant droit dans les yeux avant de lever la main pour caresser un de ses seins dont la pointe durcit sous ses doigts. Je ne peux penser à rien d'autre…

Il lui lâcha le poignet pour lui laisser le choix mais, au lieu de le repousser, elle se hissa sur la pointe des pieds, lui prit le visage entre ses mains tremblantes et souffla tout contre ses lèvres :

— Tu ne me fais pas peur, Ross De Courtney.

La nécessité de la prendre, de la faire sienne s'imposa à lui, inondant tout son corps telle une rivière qui rompt ses digues. Il la souleva alors dans ses bras et la transporta jusqu'à sa chambre, poursuivi par les aboiements joyeux de Rocky. Son cœur battait de plus en plus vite tandis qu'il glissait la langue dans sa bouche, enivré par ce goût délicieux, inoubliable. S'il ne pouvait pas lui apporter grand-chose d'autre, il pourrait au moins lui offrir du plaisir.

7.

La porte claqua au museau du chien dont on n'entendit plus les aboiements, et Carmel réalisa qu'elle était seule avec Ross dans sa chambre.

Il la déposa par terre, et elle se laissa aller, debout contre lui, les lèvres encore brûlantes du baiser qu'ils avaient échangé, consciente de chacun des pleins et des déliés de son corps ferme et musclé, et de l'érection qui saillait contre son ventre.

Une pure folie, elle le savait. Mais la douleur qu'elle avait éprouvée un peu plus tôt avait cédé la place à un désir indomptable qui ne s'apaiserait que lorsqu'elle l'aurait satisfait.

— N'aie pas peur, murmura-t-il d'une voix rauque et désespérée en lui effleurant les lèvres du bout du doigt avec une tendresse et une douceur auxquelles elle ne s'attendait pas après ce baiser fougueux.

— Je n'ai pas peur, répondit-elle, la gorge serrée.

Ce n'étaient que de la passion, du désir, une alchimie née d'une attirance physique qui les avait déjà aveuglés tous les deux et ne signifiait rien d'autre.

Mais quand le doigt de Ross descendit lentement mais sûrement vers son sein, elle sentit sa respiration s'accélérer et ses genoux vaciller. Il la prit par la taille et baissa la tête pour poser les lèvres sur son téton et le happer à travers le tissu.

Ne réfléchis pas...

Il lui ôta sa chemise de nuit, la découvrant nue pour la première fois. Elle croisa les bras sur sa poitrine, intimidée.

— Ne te cache pas. Ne me cache rien, dit-il sans faire de geste pour la toucher.

Il voulait que la décision vienne d'elle, et elle lisait dans ses yeux le combat qu'il menait contre lui-même pour contrôler son désir, pour attendre.

Elle se contraignit à décroiser les bras, arqua le dos pour lui tendre ses seins et l'autoriser à les caresser. Elle refusait d'avoir honte et de donner à cet épisode plus d'importance qu'il n'en avait.

Tout cela n'avait rien à voir avec la vie qu'ils pourraient mener ensemble, rien à voir avec Mac. Sinon, elle risquait de se perdre, comme cela lui était déjà arrivé. Elle ne pouvait supporter la perspective de se retrouver de nouveau anéantie par son refus. Ni maintenant ni jamais. Son enfant avait besoin d'elle...

Il la souleva et l'allongea sur le lit avant de lui retirer délicatement son slip. Elle était nue, maintenant, sous son regard brûlant. Elle ne pouvait plus rien lui cacher, et la lumière du matin soulignait chaque trace, chaque imperfection que la grossesse avait laissée sur sa peau naguère parfaite.

Du doigt, il effleura son ventre, et elle gémit de se sentir plus exposée qu'elle ne l'avait jamais été. Le désir fut remplacé par une autre émotion, plus crue et plus perturbante. Mais quand il releva la tête, elle découvrit dans les profondeurs de son regard bleu-vert un trouble inconnu.

— Je veux... Je veux te voir nu, moi aussi.

Elle aurait voulu redevenir la femme qu'elle était jadis, rebelle et pleine de confiance en elle. La femme d'avant cette nuit-là, audacieuse et décidée.

Il laissa échapper un petit rire contraint. Puis il se

redressa et ôta son T-shirt, découvrant son torse superbement viril, plus beau encore que dans l'avion. Troublée, elle admira les courbes de ses muscles, les lignes pures de son bassin et la toison qui voilait sa poitrine avant de descendre vers son ventre plat. Puis il se débarrassa de son short, révélant une érection impressionnante.

— Qu'est-ce qui ne va pas ?

Elle s'éclaircit la gorge en rougissant, et cilla, les lèvres sèches.

— Rien. Tout va bien.

Un peu trop bien même, songea-t-elle sans savoir si elle devait rire ou pleurer de se sentir si maladroite. Il ignorait qu'il était le premier homme – le seul – qu'elle ait jamais vu nu. Le seul qui l'ait pénétrée. Et elle ne voulait pas qu'il le sache parce que cela la rendrait plus vulnérable encore, comme la fille dépassée et apeurée qu'elle était cette nuit-là.

Maintenant, tu es une vraie femme.

Peu importait qu'elle n'ait guère d'expérience du sexe, elle avait grandi et c'est ce qui comptait.

Arrête de rougir comme une gamine !

— C'est que… Ça fait longtemps que je n'ai pas eu de relation, balbutia-t-elle pour se justifier. Être mère est un travail à plein temps.

Il la dévisagea d'un regard aigu avant d'esquisser un sourire qui la fit se sentir plus gauche encore malgré le feu qui dévorait son corps.

— Je m'en doute, murmura-t-il. Veux-tu que nous allions plus lentement ?

Elle acquiesça, la gorge serrée par l'émotion. Elle se souvint de la façon dont il s'était comporté cette nuit-là. Malgré la passion qui l'animait, il avait su se montrer doux et délicat jusqu'au moment où le désir les avait emportés tous les deux.

— Dis-moi ce dont tu as envie.

Elle ne le savait pas mais, avant qu'elle ait pu imaginer un mensonge, il prit l'initiative et elle sentit ses doigts se poser sur ses seins pour en agacer les pointes. Elle se cabra sous cette sensation, oubliant ses doutes, et sentit son désir renaître, sans limites ni gêne.

— Je… J'aime ce que tu me fais.

Il émit un rire rauque mais, avant qu'elle ait pu se demander ce qu'il trouvait si amusant, il reprit en bouche son téton dressé pour le mordiller.

Une onde de volupté irradia jusqu'au plus intime de son corps, et il continua de la caresser et de l'embrasser jusqu'à ce qu'elle se mette à gémir.

Il releva alors la tête, la prit par les hanches et elle sentit sa langue descendre lentement de sa poitrine vers son ventre, puis plus bas encore. Elle haleta, en proie à une excitation si violente qu'elle pouvait à peine respirer.

— Je veux te goûter tout entière.

Ses cuisses s'écartèrent d'elles-mêmes, et elle sentit sa langue agacer sa chair tendre et gonflée, provoquant en elle des spasmes délicieux. Un doigt puis deux se glissèrent en elle, au point que le plaisir qu'elle éprouvait en devint presque douloureux.

Elle se redressa pour s'empaler sur ses doigts, en proie à une succession de spasmes délicieux, bientôt remplacés par une onde plus forte qui la submergea…

En ouvrant les yeux, elle vit qu'il la contemplait, le regard brûlant de désir inassouvi.

— J'adore te voir jouir…

— J'adore que tu me fasses jouir, répondit-elle.

Il laissa échapper un petit rire, et cela la détendit.

— Tu as un préservatif ? demanda-t-elle.

Il acquiesça silencieusement, avant de tirer du tiroir de la table de nuit un petit étui de papier aluminium. Elle le contempla, silencieuse et frémissante, mais heureuse de constater sa maladresse et son impatience tandis qu'il enfilait cette protection.

— Je ne peux plus attendre, murmura-t-il.

Elle lui prit le visage entre ses mains et sentit sous sa paume sa barbe naissante.

— Alors, viens, chuchota-t-elle.

Il la prit par les hanches et s'enfonça en elle.

— Ça va ?

— Oui.

Il commença à bouger, très lentement d'abord, puis plus vite et plus profondément. Elle s'accrocha à ses épaules, submergée par une jouissance plus intense encore que celle qu'elle avait éprouvée un instant plus tôt. De nouveau, un véritable ouragan de plaisir s'abattit sur elle. Il lui semblait qu'il grossissait encore en elle et emplissait son corps tout entier. Puis il poussa un cri tandis qu'elle explosait en mille éclats, réalisant enfin que l'alchimie qui les unissait trouvait son origine dans son cœur tout autant que dans son corps.

8.

Ross roula sur le côté avant de se lever et de se diriger vers la salle de bains en silence, tandis que Carmel s'abandonnait à la sensation de bien-être qui l'inondait. Ce qu'elle venait de faire était absolument stupide. Bien qu'elle ait éprouvé deux orgasmes d'une stupéfiante intensité, la force de son désir restait toujours intacte.

Elle entendit l'eau couler. Devait-elle se lever ? Se rhabiller ? Son corps était encore tout frémissant des caresses de Ross. Le pire, ce n'était pas l'impact physique ressenti dans sa chair, mais cette redoutable impression d'intimité qui la bouleversait.

Elle avait cru qu'elle ne l'éprouverait jamais plus. Malgré son manque d'expérience, elle n'était plus vierge et dans sa vie elle avait maintenant d'autres priorités. Ce qui la troublait était bien plus dangereux qu'un moment de plaisir purement charnel. L'attention et la délicatesse dont il avait fait preuve envers elle avaient fait resurgir de sa mémoire le souvenir de leur première nuit. Ce soir-là aussi, il s'était d'abord préoccupé de son plaisir à elle, l'incitant à désirer ce qu'elle ne pourrait jamais obtenir de lui.

Quand il apparut sur le seuil, une serviette nouée autour des reins, elle sentit le rouge lui monter aux joues.

— Comment vas-tu ? s'enquit-il.

— Très bien, répondit-elle en s'efforçant de s'asseoir

sans faire glisser la couette qui lui couvrait la poitrine : allongée dans ce lit, elle se sentait trop vulnérable.

Il était un peu tard pour avoir des regrets. Mais ce qu'elle ne pouvait pas supporter, c'est qu'il s'imagine que, pour elle, cet instant revêtait plus d'importance qu'il n'aurait dû. Elle avait pris en toute conscience la décision de se donner de nouveau à lui et elle ne regrettait rien. Mais maintenant, il fallait en assumer les conséquences…

— Je ferais bien de retourner travailler à ma commande, dit-elle en espérant qu'il comprendrait l'allusion et quitterait les lieux, ce qui lui permettrait de remettre en perspective ce qui venait de se passer.

Une relation physique, voilà tout. Ni plus ni moins. Sans la moindre répercussion sur leurs priorités en tant que parents. Cependant, Ross avait quand même fait une concession importante : il avait fini par reconnaître qu'il avait besoin de nouer une relation avec son fils, et même qu'il le désirait. C'était bien plus important que tout le reste. Elle ne comprenait pas encore pourquoi il avait tant bataillé avant d'accepter que Mac tienne une place dans sa vie, ni pourquoi, si jeune, il avait choisi de subir une vasectomie. Que lui avait fait endurer son père pour qu'il refuse la possibilité même de la paternité ? Mieux valait ne pas trop s'interroger sur son air troublé qui lui avait rappelé l'adolescente perturbée qu'elle avait été. Maintenant, elle devait se protéger et oublier définitivement cette fille-là. L'important, c'était d'être certaine que ce moment de désarroi était derrière lui.

Mais au lieu de saisir l'allusion, Ross traversa la chambre et vint s'asseoir à côté d'elle sur le lit.

— Tu es devenue une artiste ?

Elle acquiesça de la tête, surprise par l'intensité de son regard autant que par l'effet qu'il produisait sur elle. Cette nuit-là, elle lui avait tout dévoilé de ses espoirs et de ses rêves – à l'époque, elle était en première année de son école et se voyait bien devenir une gloire de l'art irlandais –, et il l'avait écoutée avec la même attention. Ensuite, elle avait dû renoncer à ses illusions, ou du moins les adapter à la réalité. Puis elle avait oublié l'intérêt qu'il avait manifesté à son égard et cru que ses questions et ses regards admiratifs n'avaient été pour lui qu'un moyen d'obtenir qu'elle se laisse faire... Un moyen qui avait parfaitement fonctionné, car rien ne pouvait plaire autant à une gamine qui avait perdu son père à l'âge de six ans et sa mère deux ans plus tard que de susciter l'admiration d'un homme.

— Tu as donc réalisé ton rêve ?

Elle fut surprise qu'il s'en souvienne aussi.

— Pas vraiment, répondit-elle avec un petit rire. Après la naissance de Mac, j'ai dû quitter l'école d'art de St. Martin et trouver un moyen de subsistance. Mais j'aime ce que je fais.

— Que peins-tu exactement ?

— Je me suis spécialisée dans les chiens. Je les aime tout autant que mes clients qui me paient bien pour obtenir un portrait ressemblant de leur animal favori.

— Mac et toi, vous en possédez un ?

C'était la première question précise qu'il lui posait au sujet de leur fils, et elle sentit son cœur battre plus vite.

— Mac les adore, mais c'est matériellement impossible pour moi. C'est pourquoi il aime bien aller chez Imelda et Donal qui en ont plusieurs. Je crois qu'il serait ravi de faire la connaissance de Rocky.

— Je pense qu'on pourra arranger ça, mais j'aurais peur que Rocky ne le renverse car je n'ai pas encore terminé de le dresser. Il est très gros et Cormac tout petit encore, répondit-il d'un air soucieux.

— Où l'as-tu trouvé ? C'est un chien abandonné, n'est-ce pas ?

— Oui, mais en fait ce n'est pas moi qui l'ai trouvé. C'est plutôt lui qui m'a repéré.

— Comment cela s'est-il passé ?

— Quelqu'un l'avait sévèrement frappé et abandonné sous un arbre, à côté de chez moi. Il était encore tout jeune. Je l'ai entendu pleurer et je l'ai emmené à la SPA. Deux semaines après, j'y suis retourné pour voir s'il avait été adopté et ce n'était pas le cas. Comme tu as dû le remarquer, ce n'est pas le plus beau des chiens, mais il est adorable, dit-il en haussant les épaules, comme si cette relation était sans importance, alors que ce chien devait beaucoup compter pour lui. Je ne suis pas un grand sentimental, mais j'aurais eu honte de le laisser mourir alors qu'il s'était tant battu pour rester en vie.

— Je comprends, répondit-elle, profondément émue par ce récit.

Ross De Courtney s'imaginait peut-être qu'il était incapable d'aimer, mais son histoire avec Rocky prouvait le contraire.

— C'est pour ça que tu l'as appelé Rocky, parce que c'est un battant ?

— Oui. Ces petites traces, sur ton ventre, d'où viennent-elles ?

Elle rougit à cette question inattendue en se souvenant de la façon dont il avait caressé ces marques pendant qu'ils faisaient l'amour. Les avait-il trouvées laides ?

— Ce sont des vergetures provoquées par ma grossesse, déclara-t-elle simplement.

Elle le vit crisper les mâchoires. Il avait l'air embarrassé, Dieu seul savait pourquoi.

— Durant ma grossesse, j'ai pris beaucoup de poids, expliqua-t-elle. Mac était un gros bébé et pesait cinq kilos à la naissance.

— Tu as beaucoup souffert, pendant l'accouchement ?

— Oui, six heures de torture, dit-elle en riant pour alléger l'atmosphère.

En le voyant pâlir, elle comprit que sa tentative d'humour avait fait long feu et instinctivement elle lui posa la main sur le bras.

— Ross, qu'est-ce qui t'arrive ?

— Je te demande pardon, dit-il sur un ton qui exprimait un véritable dégoût de lui-même.

— De quoi ?

— D'avoir été à l'origine de toutes ces souffrances.

— Inutile de t'excuser. J'adore cet enfant, il m'a fait tout oublier.

— Ce n'est pas la question. Par ma faute, tu t'es mise en danger.

— Mais pas du tout !

Elle était si stupéfaite qu'elle ne savait que dire. La réaction lui avait paru excessive, mais en même temps ses traits s'étaient figés en une sorte de masque.

— Lorsque j'ai dit que mon accouchement avait été une torture, je plaisantais…

Elle s'arrêta. Le visage de Ross était redevenu indéchiffrable et n'exprimait plus aucune émotion, seulement cette intransigeance qu'elle y avait si souvent perçue et qu'elle détestait.

— Enfin, pour être honnête, j'ai eu très mal, mais ça n'a pas duré et jamais ma vie n'a été en danger.

— Il faut que je retourne travailler, dit-il, changeant abruptement de sujet. Nous discuterons des détails plus tard.

— D'accord, bredouilla-t-elle, tandis qu'il la prenait par le menton et se penchait pour l'embrasser de façon si possessive qu'elle en perdit la faculté de penser.

— Il faudrait que nous nous fixions quelques règles pour la semaine à venir, ajouta-t-il avant de la lâcher. Concernant le sexe.

En l'entendant, elle rougit jusqu'aux oreilles. Comment

réussissait-il à la surprendre à ce point sans même le vouloir ?

— Que veux-tu dire par là ?

Son regard glissa sur elle, et il fronça les sourcils. Elle s'agrippa de plus belle à sa couette en se demandant si par hasard il était conscient de la tiède humidité qui sourdait entre ses cuisses et de ces pulsations qui de nouveau…

— Ce qui vient d'arriver nous prouve que l'attirance que nous avons ressentie cette fameuse nuit n'a pas disparu, loin de là, commença-t-il d'un ton neutre en dépit de la flamme qui brillait dans ses yeux. Nous avons deux possibilités. Soit nous décidons que le problème est lié à ta présence sous mon toit, et dans ce cas tu peux déménager à l'hôtel. Soit nous décidons d'en profiter.

— Euh… Je…, bredouilla-t-elle sans savoir que dire ni comment réagir.

Était-il vraiment capable de séparer le sexe de tout sentiment ?

— Et toi, qu'en penses-tu ? reprit-elle.

Elle aurait aimé croire qu'elle pourrait faire preuve du même détachement que lui dans ce domaine, mais elle n'en était pas certaine. D'autant plus qu'elle n'avait jamais eu de relation avec aucun autre homme. Pas la moindre aventure sauf cette nuit-là, avec lui.

— La seconde proposition me conviendrait.

Et lui, avait-il déjà entretenu une véritable liaison ? À en croire son ton insouciant, c'était peu probable.

— Mais naturellement c'est à toi de décider. Réfléchis-y et on en reparle ce soir. Je pense être de retour à une heure raisonnable. On pourrait dîner ensemble.

— Euh… D'accord.

Il quitta la pièce, et elle eut l'impression d'entendre le bruit de la porte résonner dans sa poitrine. Elle se laissa tomber sur le lit, le corps déjà frémissant à la pensée de parler de sexe dans la soirée. Elle ne savait plus que penser, et n'avait qu'une seule certitude : penser à lui et aux choix qui s'offraient à elle allait l'occuper dans les heures qui suivaient, jusqu'à ce qu'il revienne.

9.

Une voiture passera te chercher à 19 heures. Je pense qu'il vaut mieux discuter des différentes possibilités que nous avons évoquées en terrain neutre. Avertis-moi en cas de problème.

Carmel reposa son pinceau, s'essuya les mains sur le torchon noué à la ceinture de son jean et saisit son téléphone avec autant de précaution que s'il était empli de nitroglycérine.

Pour la énième fois, elle relut le message de Ross, partagée entre le désir, la panique et une sorte d'ivresse qui ne présageait rien de bon.

Elle reprit son téléphone. Déjà 17 heures. Encore deux heures avant de le revoir…

Où allait-il l'emmener ? Il n'avait pas daigné le préciser.

Elle n'avait aucune idée de la façon dont elle devait s'habiller. Allait-il l'inviter au restaurant ? Pour parler de leur vie sexuelle en public ? Ses joues s'empourprèrent. Était-ce donc la façon habituelle de traiter ce genre d'affaire à New York ? Pas dans l'Irlande rurale, en tout cas.

Tandis qu'elle tapait sa réponse, la peur qui la minait depuis déjà six bonnes heures lui noua le ventre.

Où irons-nous ?

Au moment d'appuyer sur « envoi », son pouce resta en suspens. Elle relut encore deux fois sa réponse, convaincue que ces mots trahissaient son manque de confiance en elle. Ross ne savait pas que, depuis la naissance de Mac, elle avait vécu en recluse et elle ne tenait pas à ce qu'il l'apprenne. Se le serait-il reproché ? Et tiendrait-il à « compenser » sa décision de passer tranquillement ces quatre dernières années dans le comté de Gallway pour y apprendre à être mère ?

Cette vie paisible, elle l'aimait. Elle leur convenait, à Mac et à elle, et elle y avait trouvé le moyen de pratiquer son art. Elle contempla le portrait qu'elle venait de terminer, celui d'Orwell, un caniche-cocker de deux ans dont elle avait essayé de bien rendre le caractère malicieux.

Une fois de retour chez elle, enceinte, l'agitation des quelques semaines qu'elle avait passées dans son école d'art ne lui avait pas manqué, pas plus que les soirées dans le genre de celle où elle avait rencontré Ross…

Pourtant, elle ne tenait pas à le laisser deviner à quel point elle se sentait empruntée et gauche à l'idée d'aller dîner dans un restaurant new-yorkais à la mode. Cela n'aurait fait qu'ajouter au sentiment d'infériorité qu'elle éprouvait par rapport à lui et l'aurait désavantagée d'emblée dans la discussion sur les futures relations de Mac avec son père… Sans parler de la perspective de faire l'amour toute la semaine suivante, qui la déstabilisait au plus haut point.

Alors, à quoi bon demander où ils iraient ce soir ?

Après tout, ce ne serait pas difficile de parler de Mac, car elle avait beaucoup à lui dire sur leur fils. Et ce matin, il semblait avoir franchi un pas important à ce sujet. Quant au sexe, ce serait forcément agréable et cela leur permettrait de mieux se connaître, entre deux discussions sur l'avenir de Mac. S'ils décidaient de poursuivre leur relation pour profiter de sa présence à New York, elle réussirait peut-être à évacuer la colère qui la minait depuis quatre ans. Rien de plus qu'une courte aventure dont la fin était déjà programmée, il ne fallait surtout pas qu'elle l'oublie.

Elle détruisit son message pour le remplacer par un autre.

Comment dois-je m'habiller ?

C'était beaucoup mieux. N'importe quelle femme aurait pu demander cette précision. Mais de nouveau, au souvenir de ce qu'elle avait porté – ou de ce qu'elle n'avait pas porté ce matin – quand Ross était rentré dans la chambre avec sa serviette nouée autour des hanches, le trouble l'envahit et cette question innocente lui sembla lourde de sous-entendus.

De nouveau, elle modifia sa réponse.

C'est cool. À ce soir.

Puis elle appuya sur « envoi » avant de s'interroger davantage, reposa le téléphone sur la table et rangea ses pinceaux et sa palette. Il lui restait deux bonnes heures pour aller faire un tour dans les petites boutiques qu'elle avait repérées dans le quartier et trouver la tenue adéquate qui la mettrait en valeur et dans laquelle elle se sentirait bien. Au moins, cette recherche la distrairait un peu de l'anxiété qui lui serrait la gorge et de l'émoi charnel qu'elle ressentait à l'idée de revoir Ross.

— Désirez-vous une autre bière, monsieur ?

— Non, merci.

Ross regarda le serveur qui attendait depuis dix minutes sur la terrasse privée qu'il avait réservée dans l'un des restaurants les plus courus de Manhattan, où il n'avait jamais dîné encore.

La vue était stupéfiante. Le soleil couchant embrasait la ligne des gratte-ciel qu'on découvrait entre les arches de briques de la terrasse.

Le lieu idéal pour une demande en mariage. Mais pour lui, l'essentiel, c'était qu'ils arrivent à se mettre d'accord sur son engagement envers leur fils et sur les conséquences éventuelles d'une relation avec Carmel durant son séjour à New York, avant que l'alchimie qui les unissait ne leur fasse perdre la tête.

— À propos, dit-il au jeune homme, une fois que vous aurez pris nos commandes, pourriez-vous nous laisser seuls vingt minutes ?

— Bien sûr, monsieur. Je vous souhaite bonne chance.

Ross hocha la tête.

Mais dès que Carmel apparut sur le seuil de la terrasse, le désir qui l'avait tourmenté toute la journée ou presque se manifesta avec une intensité et une urgence presque douloureuses.

Il se leva tandis qu'elle se dirigeait vers lui.

La brise printanière faisait flotter derrière elle sa chevelure d'un roux éclatant et soulevait sa robe légère au corsage moulant imprimée de roses rouges qui révélait les courbes qu'il avait caressées le matin même.

Une paire de baskets en toile et une veste en cuir complétaient cette tenue originale. En la voyant approcher, il éprouva un trouble plus pressant encore. Le maquillage qu'elle avait choisi – un rouge à lèvres cerise pour s'accorder à sa robe, un eye-liner noir et une ombre à paupières mordorée qui brillait à la lumière – lui donnait l'apparence d'une reine des fées ou d'une Walkyrie d'une beauté étourdissante, à la fois fraîche et brûlante.

— Bonjour, dit-elle, en approchant de lui, légèrement essoufflée. Excuse-moi, je suis en retard. J'ai voulu marcher un peu avant d'entrer.

— Aucune importance, murmura-t-il en s'efforçant de maîtriser sa réaction brutale au parfum qu'elle dégageait – à la fois tonique, sensuel et terriblement addictif, comme le reste de sa personne.

— Quelle vue extraordinaire ! s'exclama-t-elle, impressionnée.

Sur cette terrasse, la vue sur Manhattan n'était pas le spectacle le plus admirable. La gorge serrée par le désir, il lui avança sa chaise, regrettant d'avoir suggéré que cette conversation ait lieu dans un restaurant. Car l'urgence de caresser et d'embrasser chaque centimètre de sa chair délicate, de humer le parfum subtil de son désir, d'entendre les sanglots entrecoupés de son plaisir le faisait intérieurement rugir d'excitation.

— C'est un espace privé ? demanda-t-elle en regardant autour d'elle.

— J'ai pensé que tu préférerais que nous discutions en tête en tête.

Sauf qu'en cet instant il n'avait plus du tout ni l'esprit ni le corps à discuter.

Il détourna le regard de ses lèvres pleines. Sa bouche avait-elle aussi un goût de cerise ?

— Vraiment ? Quelle délicate attention ! déclara-t-elle en s'asseyant.

Il s'installa à son tour, reprit son verre de bière et le vida d'un trait pour humecter sa gorge sèche et se donner le temps de se calmer un peu.

— Plutôt pratique que délicate, répondit-il sans réussir vraiment à reprendre le contrôle de ses sens.

Elle cilla. Le bleu pur de ses prunelles était aussi enchanteur que le léger rosissement de sa peau diaphane.

— J'apprécie cette intimité. Je ne te mentirai pas, je me sentais un peu nerveuse à l'idée de te voir ici. Je suis une Irlandaise un peu fruste et j'aurais eu du mal à parler de ma vie sexuelle en dégustant un repas gastronomique au milieu d'une foule d'inconnus !

Le regard de Ross lui échappa et descendit vers le corsage de sa robe qui moulait ses seins.

— Tu n'as rien de fruste. Tu es superbe.

Le regard de Carmel s'éclaira, et elle lui adressa un délicieux sourire.

— Contente de ne pas avoir perdu mon temps durant l'heure que j'ai passée à courir les boutiques vintage de Tribeca, dit-elle en ôtant sa veste en cuir pour la tendre au serveur qui était réapparu.

Ce mouvement fit glisser de son épaule sa robe de soie, le temps pour Ross d'apercevoir un soutien-gorge de dentelle.

— Merci, dit-elle au jeune homme qui la contemplait, visiblement conquis.

— Peut-être désirez-vous prendre nos commandes ? lança Ross, en proie à un élan incontrôlable de possessivité.

Le serveur sursauta en l'entendant.

— Euh… Oui, bien sûr, monsieur. Que puis-je vous servir, madame ?

— Qu'avez-vous à me proposer ?

Le jeune homme se lança dans l'énumération d'une liste impressionnante de cocktails.

L'irritation de Ross s'accrut. Au bout de quelques minutes qui lui parurent interminables, le nouveau fan de Carmel les laissa enfin seuls, comme il le lui avait demandé.

— Tu as bien progressé dans ton travail, aujourd'hui ? demanda-t-il sur le ton de la conversation ordinaire, pour laquelle, même en temps normal, il était assez peu doué.

— Oui, beaucoup. L'éclairage de ton appartement convient remarquablement à la peinture. Et puis, j'adore le portrait que je peins en ce moment, un caniche doué d'une forte personnalité que j'ai réussi à bien rendre sur ma toile. De plus, Nina est passée pour sortir Rocky et nous avons bavardé. Elle a proposé de me présenter à certains de ses clients propriétaires de chiens pendant que je séjourne ici, ce qui m'offre de nouveaux horizons. Elle est convaincue qu'il y en a beaucoup qui aimeraient avoir un portrait de leur animal.

Mais moi, je veux te garder pour moi tout seul !

— Je vois, dit-il sur un ton plus sec qu'il ne l'aurait voulu, surpris lui-même de se sentir si contrarié.

Que lui arrivait-il ? Avait-il perdu la raison ? Exactement comme quand il avait éprouvé une pointe de contrariété parce que le serveur la regardait.

— Cela te pose problème ? demanda-t-elle en cessant de sourire.

— Pas vraiment. Tu es libre de faire ce que tu veux ici, et je comprends que tu te soucies de ta carrière.

Comme si le fait de faire des portraits de chiens pouvait passer pour une carrière !

Il lui avait fallu quitter son école d'art pour s'occuper de leur fils, et son frère ne lui avait proposé aucune aide financière – ce qui paraissait très dur de la part d'un milliardaire. Sauf qu'en définitive le responsable qui aurait dû assumer la charge de Carmel et celle de leur fils, ce n'était pas Conall O'Riordan, mais bien lui, Ross.

Soudain, il comprit mieux sa réaction instinctive. Ce n'était pas le réflexe d'un macho qui désirait garder sa femme tout à lui pendant qu'elle était à New York, mais simplement l'espoir de racheter tout le mal qu'il lui avait fait en répondant de façon aussi brutale à son texto.

— Je tiens à ce que tu saches qu'aujourd'hui, avec mon équipe, j'ai élaboré un plan de financement généreux pour Cormac et toi, ce qui signifie qu'il ne sera plus désormais à ta charge. De ton côté, tu n'auras plus à compromettre ton art pour l'entretenir.

Mais au lieu d'avoir l'air ravi de cette nouvelle, elle haussa les sourcils et fit la grimace. Le bleu de ses iris s'assombrit, et elle le toisa d'un air indigné.

Il se raidit pour affronter une discussion qu'il prévoyait houleuse. Il détestait les relations conflictuelles mais, en voyant l'irritation embraser son regard, il sentit son désir s'enflammer de plus belle.

Contrairement aux autres femmes avec qui il était sorti,

Carmel O'Riordan était en ce moment l'incarnation même du cliché éculé qui veut que la colère rende une femme plus belle encore.

— Tu as vraiment fait ça ? lança Carmel en essayant sans succès de tempérer son indignation.

Elle ne pouvait s'empêcher de bouillir devant tant d'arrogance et de condescendance. Sans parler de la peur qui la minait. Pendant quatre ans, elle avait refusé l'aide financière que lui proposait Conall pour Mac et pour elle. Ce que lui offrait Ross n'était pas différent.

Son argent n'était pas un signe de véritable intérêt, elle le savait déjà. Dans ce cas, pourquoi son insistance l'irritait-elle à ce point ? En quoi menaçait-elle l'indépendance qu'elle avait eu tant de mal à acquérir ?

— Je ne considère pas Mac comme une charge.

Dans cette fabuleuse robe vintage, elle avait de l'allure et elle le savait, mais elle restait nerveuse à l'idée de devoir affronter Ross, surtout dans ce restaurant super branché de Murray Hill qu'elle avait immédiatement cherché sur Internet dès que le chauffeur lui avait révélé leur destination. Elle avait donc préféré sortir de la voiture un pâté de maisons avant, même si elle avait déjà quelques minutes de retard. C'est pourquoi elle avait été étonnée… et troublée de constater qu'il avait réservé un espace privé, surtout quand elle avait découvert la vue, aussi superbe que Ross lui-même. Quand il l'avait aperçue, son regard s'était fait plus sombre, au point de lui donner la chair de poule, et le compliment qu'il lui avait adressé lui était allé droit au cœur. Même si elle ne s'était pas complètement calmée, elle s'était sentie assez sereine pour se concentrer sur *eux*, et sur cette incroyable alchimie à laquelle elle était désormais certaine de vouloir céder.

Quel mal y aurait-il à accepter son offre ? S'il tenait à

se montrer pragmatique, pourquoi pas elle ? Après tout, sa vie à elle était en Irlande et celle de Ross à New York. Même s'ils avaient un enfant, ils n'avaient rien d'autre en commun que Mac et n'avaient jamais partagé que quelques moments de plaisir. Elle n'était plus la jeune et folle ingénue qu'elle était alors. Elle avait cru une fois en l'amour et ne se laisserait plus tromper par ces fadaises romantiques, malgré le petit coup de blues qui avait suivi leurs ébats, comme en écho à la femme qu'elle était jadis. Cet homme l'avait séduite quatre ans plus tôt, mais maintenant il était bien loin d'être le partenaire idéal...

D'ailleurs, son offre insultante de « compenser » ses souffrances le lui avait bien prouvé. Alors, pourquoi avait-elle le cœur serré en y repensant ?

— Je n'ai pas dit que tu considérais Mac comme une charge, répondit-il.

— Si tu te souviens bien, jamais je ne t'ai demandé d'argent.

La colère qu'elle aurait bien aimé ressentir s'était transformée en un sentiment beaucoup plus perturbant. Comment pouvait-elle être émue qu'il veuille l'aider financièrement alors qu'elle refusait son aide, dont elle n'avait pas besoin ?

Il se carra dans sa chaise pour la fixer d'un regard impénétrable. Le col de sa chemise était déboutonné, laissant entrevoir le haut de sa toison. Elle sentit une douce chaleur envahir son ventre, attisant son irritation.

— Je sais, dit-il d'une voix sans émotion. Tu as toujours été claire sur ce point. Mais ça ne veut pas dire que je ne te dois rien pour avoir subvenu aux besoins de mon fils et pour les quatre années que tu lui as sacrifiées.

— Je n'ai rien sacrifié contre mon gré et je suis parfaitement satisfaite de la vie que je mène. Pour toi, peut-être suis-je en train de gâcher mon talent à faire des portraits de chiens, mais ça me plaît et je réussis...

— Je n'ai jamais dit le contraire, coupa-t-il.

— C'était sous-entendu.

— Je ne l'ai pas voulu, dit-il en prenant la main que Carmel avait posée sur la table. Je suis fier de toi et de tout ce que tu as fait pour notre fils. Mais je me souviens de la fille brillante, intelligente et drôle que j'ai rencontrée cette nuit-là et dont les rêves m'avaient séduit. Je veux te rendre les ambitions que j'ai détruites.

Cette constatation formulée d'une voix rauque mais forte mit fin au ressentiment de Mel. Il se sentait redevable envers elle, et il fallait qu'elle lui démontre qu'il ne l'était pas. Mais pourquoi l'idée qu'il aurait dû lui rendre des rêves enterrés depuis longtemps lui paraissait-elle si dangereuse ?

Les larmes lui montèrent stupidement aux yeux. Il ne comprenait pas que ces illusions ne comptaient plus pour elle car, sans le vouloir, il lui avait offert un cadeau bien plus précieux.

— Ces rêves n'ont plus aucun sens pour moi, et je ne veux pas de ton argent, Ross. Je croyais que c'était clair.

Il la fixa avec la même intensité que cette nuit-là, concentré sur une énigme qu'il était bien décidé à résoudre. Quatre ans plus tôt, elle avait trouvé ça drôle, mais maintenant elle redoutait de sentir son cœur s'emballer, une fois de plus.

— J'ai cru comprendre que tu désirais qu'un lien se crée entre Mac et moi. Je doute d'être un bon père, mais je ne demande qu'à essayer.

— Très bien.

— Mais toi aussi, Carmel, tu dois faire un pas vers moi et me laisser assurer votre sécurité financière à tous les deux.

— Pourquoi est-ce si important pour toi ? demanda-t-elle, aussi fatiguée par son insistance que par ses propres hésitations.

Au même moment, le serveur apparut avec leurs boissons et les menus.

Elle mit plusieurs minutes à faire son choix sur la carte où tout avait l'air délicieux, ce qui lui permit de se calmer un peu. Mais une fois l'employé reparti avec leurs commandes, elle recommença à se demander pourquoi Ross était si désireux de les entretenir, Mac et elle.

— Tu n'as pas répondu à ma question, dit-elle.

Il avala une gorgée de la bière qu'il avait commandée avant de murmurer :

— Parce que j'ai passé toute mon enfance à voir mon père exploiter et tromper les femmes avec qui il couchait… Jamais il n'a accepté la responsabilité d'être le père des enfants qu'il avait engendrés. Je me suis alors juré de faire mieux que lui.

Il poussa un soupir, et un instant elle lut dans ses yeux le trouble qu'il ressentait en évoquant des souvenirs qu'il n'avait pas eu l'intention de partager avec elle.

— Ce que je vous ai fait, à Mac et à toi, est la preuve que je n'ai pas tenu parole.

En entendant cette réponse, franche et directe, elle sentit son cœur se serrer et sa peur s'apaiser un peu. Ce besoin de l'entretenir ne la concernait pas personnellement, mais prenait sa source dans l'enfance de Ross et dans sa relation anormale avec son père.

— Tu ne m'as ni abusée ni trompée, répondit-elle, refusant de se présenter comme une victime et de laisser à Ross la responsabilité de ses propres choix. Et tu m'as proposé d'essayer d'être un père pour Mac, même si tu n'es pas certain de pouvoir assumer ce rôle.

Au vu de ses relations avec son père, elle comprenait ce manque de confiance.

— Par ailleurs, je suis touchée que tu veuilles me permettre d'accomplir mes vieux rêves, mais je suis seule en capacité de décider s'ils me plaisent toujours. La femme que tu as rencontrée cette nuit-là n'existe plus, et tant mieux. La présence de Mac m'a rendue plus forte, plus sensée et moins impulsive. J'ai été forcée de grandir vite et je ne le regrette pas. Ne le regrette pas non plus.

Il la contempla longuement, en silence. Dans ce conflit décisif entre la volonté de Ross de se racheter et son propre désir d'indépendance, elle savait qu'il lui fallait vaincre.

Il finit par baisser les yeux en jurant à voix basse. Mais quelque chose était passé entre eux, et elle comprit qu'il la respectait réellement.

— Tu n'accepteras donc jamais ma proposition d'aide financière ?

Une ultime tentative, mais il ne sembla pas surpris de la voir refuser d'un signe de tête. Il se passa la main dans les cheveux – un signe de frustration – avant de laisser échapper un petit rire qui réchauffa le cœur de Carmel. Pourquoi Ross De Courtney riait-il si rarement ?

— Quelle ironie que je t'aie envoyé il y a quatre ans cet abominable texto, convaincu que tu n'étais qu'une petite arriviste, alors que maintenant je me sens frustré que tu refuses encore et encore l'argent que je voudrais te donner !

Elle lui sourit, soulagée qu'ils aient au moins en commun un certain sens de l'humour.

— Pour moi, c'est un juste retour des choses, mais Conall a toujours trouvé cruel mon sens particulier de la dérision.

— Je me sens d'accord sur ce point avec ton frère, ce qui ajoute encore à la difficulté de la situation.

Une fois de plus, le cœur de Mel se mit à battre la chamade. Pour le calmer, elle préféra se concentrer sur le point qui pulsait entre ses cuisses, encore frémissant des caresses de Ross – et sur rien d'autre.

— Ce n'est que justice.

Le soleil s'était couché sur une des plus belles vues

qu'elle ait jamais contemplée, et elle était certaine qu'ils avaient fait un grand pas dans leur relation en tant que parents de Mac. Elle en connaissait un peu plus sur cet homme, derrière son masque : la relation de Ross avec son père était la clé de son refus de devenir le père de Mac. Mais elle avait assez d'expérience pour le réconforter sur ce point, sans que leur nouvel accord signifie quoi que ce soit d'autre.

— Peux-tu au moins m'autoriser à monter un fonds fiduciaire pour Mac ?

— Je ne veux pas de ton…, commença-t-elle, mais il leva la main pour l'interrompre.

— Je sais que tu n'as pas besoin d'argent et je sais que mon argent ne me dispensera jamais de m'efforcer d'être désormais un père pour lui. Mais cela me permettrait de mieux supporter de l'avoir abandonné durant les trois premières années de sa vie.

Elle aurait préféré refuser encore, mais il fallait bien trouver un compromis. Elle aurait du mal à lui accorder ce moyen de contrôle sur la vie de leur fils mais, si elle voulait vraiment qu'il se comporte en père, comment lui dénier ce droit ?

— J'accepte. À condition que tu ne l'autorises pas à s'acheter une moto avec ton argent dès qu'il aura seize ans.

Elle souhaitait réellement que Ross soit un père pour Mac, mais en avait-elle envisagé toutes les conséquences ?

— Je pourrais demander à mes juristes de faire de sa mère la curatrice du fonds jusqu'à ce qu'il ait vingt ans. Qu'en penses-tu ?

— Que du bien, répondit-elle au moment où le serveur apportait les plats qu'ils avaient commandés.

Un délicat parfum de poulet grillé et d'épices vint flatter ses narines, et la tension qui lui nouait l'estomac s'estompa pour céder la place à une faim de loup.

Ross regardait Carmel déguster son repas avec le même appétit qu'elle mettait dans toutes les tâches qu'elle accomplissait. Même si elle était dure en affaires, se dit-il tout en savourant l'excellent steak qu'on lui avait préparé.

Il en laissa la saveur imprégner son palais, et s'efforça d'oublier les révélations qu'il avait faites à Carmel le matin même sur son enfance et sur son père.

Jamais il n'évoquait cette période de sa vie ni l'homme qui l'avait engendré. Les flash-back et les terreurs nocturnes qui le hantaient étaient une raison de plus d'oublier ce passé. La nuit précédente, il avait mal dormi et s'était réveillé en nage. Il avait eu honte de sa faiblesse, même s'il était évident que la découverte de sa paternité allait réveiller ses cauchemars – durant quelque temps du moins.

Était-ce pour cette raison qu'il s'était engagé dans une relation qui risquait de lui exploser au visage ? Peut-être, mais peu importaient maintenant les conséquences, il lui fallait de nouveau cette femme. Même s'il détestait la pitié qu'il avait lue dans ses yeux quand il avait dû justifier l'importance qu'il accordait au fonds qu'il voulait mettre en place pour leur fils.

Tandis qu'ils terminaient agréablement leur dîner en parlant travail, il tenta de penser à autre chose, ce qui lui fut grandement facilité par la façon dont Carmel léchait sa cuillère à chaque bouchée de chocolat noir ou de beurre salé. De nouveau, il remarqua que sa robe vintage avait tendance à glisser de son épaule, et son regard se riva malgré lui à la bretelle de son soutien-gorge.

Dès qu'elle eut terminé sa dégustation, le serveur arriva pour enlever les assiettes et leur proposer du café. Ross attendit plus ou moins patiemment et, dès que le jeune homme se fut éloigné, il voulut aborder le sujet de leur relation durant la semaine à venir, mais elle le devança.

— Moi, ma mère est morte quand j'avais huit ans.

— Je suis désolé, répondit-il presque machinalement,

dérouté par ce changement de sujet et surtout par l'émotion qu'il lisait dans son regard saphir.

Son cœur se serra d'angoisse à la pensée qu'elle avait si jeune perdu sa mère.

Il pouvait compatir ; après tout, il avait lui-même perdu la sienne plus jeune encore. Elle était morte quand il avait cinq ans, et il avait du mal à se souvenir d'elle.

— Nous n'étions pas très proches.

— En es-tu certaine ?

Il avait du mal à la croire car, dans sa voix sourde, on décelait l'empreinte de cette perte. Elle lui adressa un léger sourire en acquiesçant de la tête.

— Elle souffrait de dépression. Toute ma vie, je l'ai vue se battre contre cette maladie. Elle avait fait deux fausses couches avant ma naissance, et c'est là que tout avait commencé. Quand mon père est mort dans un accident agricole, son mal s'est encore aggravé. Et puis, un matin de Noël, deux ans après sa mort, elle a décidé d'en finir. Lorsque Conall est allé la réveiller dans sa chambre, il l'a trouvée morte…

— Quelle horreur ! souffla-t-il, choqué tout autant par son ton détaché que par l'évocation de la tragédie qui avait dévasté sa famille.

— Oui…, acquiesça-t-elle avec un petit rire dénué de gaieté, c'est terrible, pour des tas de raisons…

— Et tu as dû grandir sans ta mère.

— Oui. Mais si je te l'ai dit, ce n'est pas pour que tu me plaignes, mais pour expliquer que… quand je me suis retrouvée enceinte de Mac, ma plus terrible crainte a été de ne pas pouvoir assumer mon rôle de mère, parce que la mienne n'avait pas vraiment été une mère pour moi. Je n'avais pas de modèle, car elle était incapable de manifester de l'amour ni même de l'affection. Elle souffrait trop pour se concentrer sur autre chose que sur le gouffre dans lequel elle se sentait sombrer. En regardant mon ventre grossir, j'étais paniquée à la pensée d'avoir la même relation avec mon bébé. Conall et Imelda ont bien essayé de me convaincre que ça n'avait rien à voir, qu'elle était malade, mais dans mon inconscient j'étais certaine que chez moi quelque chose n'allait pas. Que je ne méritais pas d'être aimée. Et si la même maladie m'empêchait de continuer à aimer Mac ?

— C'est absurde !

Il avait vu comment elle se comportait avec le petit garçon. Il était clair qu'elle l'adorait et qu'il l'adorait, lui aussi. D'ailleurs, ils avaient l'air si proches qu'il en avait été lui-même intimidé.

— C'est exactement comme pour toi. Ce n'est pas parce que ton père a été incapable d'assumer son rôle de mari et de père qu'il en ira de même pour toi.

Elle avait formulé cette affirmation sur un ton si ferme et si sensé qu'il mit un moment à réaliser qu'ils n'étaient plus en train de parler de sa famille ni de sa relation avec Mac. C'était de lui qu'ils parlaient.

— Ce n'est pas ce que j'ai dit, murmura-t-il.

— Mais c'est ce que tu as pensé.

Et elle avait raison.

— C'est normal d'avoir peur de devenir parent, dit-elle en se penchant pour poser les mains sur les siennes. Personnellement, j'étais terrifiée à cette idée. Mais ne laisse pas tout le mal que t'a fait ton père dégrader ta relation avec Mac. Parce que, quoi que tu en penses, ça n'a rien à voir avec toi.

Il se raidit et lui retira ses mains. L'empathie et la pitié qu'il lisait dans son regard lui nouaient l'estomac.

— Je n'ai jamais dit qu'il m'avait fait du mal, murmura-t-il en dépit des affreux souvenirs qui affluaient à sa mémoire.

Elle le contempla d'un air dubitatif, mais lui sourit gentiment.

— Tant mieux.

Sans doute ne lui disait-elle pas vraiment ce qu'elle en pensait. De nouveau, il se pencha pour lui prendre la main. Elle ne résista pas, mais le fixa droit dans les yeux.

— Si nous arrêtions de parler du passé pour nous demander ce que nous allons faire du reste de notre soirée ? proposa-t-il.

Pour nombre de raisons, il doutait de devenir jamais un bon parent, mais il était prêt à la laisser décider sur ce sujet. Heureusement, le sexe était plus simple et lui permettrait au moins d'évacuer la tension qui lui nouait le ventre.

— Tu ne m'as pas répondu, ajouta-t-il en voyant de l'indécision dans ses yeux, ce qui ne lui ressemblait pas.

Cette femme semblait toujours prête à foncer tête baissée, mais pas cette fois. Il se demanda pourquoi cela le poussait d'autant plus à vouloir la convaincre.

— Parce que je ne me suis pas encore décidée, répondit-elle d'une voix un peu hachée.

— Dans ce cas, dit-il en lui ouvrant la main pour lui baiser la paume, voyons si je peux t'aider à le faire.

Elle poussa un petit gémissement, et le sang de Ross courut plus vite dans ses veines, mais elle lui retira sa main pour la poser sur ses genoux.

— J'ai envie de toi, c'est évident.

Sa voix était ferme et son regard direct.

— Et moi aussi.

Une fois de plus, la robe de Carmel glissa sur son épaule, mais elle s'empressa de la remettre en place.

— Je sens que tu ne vas pas tarder à ajouter un « mais ».

— Mais je ne veux pas – elle s'arrêta pour se mordiller la lèvre –, je ne veux pas que ce qui se passe entre nous affecte ta relation avec Mac.

— Ce ne sera pas le cas, Carmel.

Il était étonné de ne pas encore avoir usé du discours de séduction dont il gratifiait ses autres conquêtes, souvent bien avant de coucher avec elles. Il faudrait qu'il se demande pourquoi, mais d'abord il devait régler la situation présente.

— Notre aventure ne durera que le temps de ton séjour à New York. Dans ce domaine, je n'apprécie pas le long terme.

— Je le sais, répliqua-t-elle sans se démonter. Ta sœur m'a avertie. Moi non plus, je ne cherche pas une relation durable, surtout avec un type dans ton genre.

— Katie t'a dit ça ? demanda-t-il, surpris par son indifférence, et aussi étonné de ressentir la franchise de sa sœur comme une trahison.

Mais compte tenu de la relation qu'il avait eue avec Katie, comment aurait-elle pu dire autre chose ? Pourquoi cela le touchait-il ? Et que signifiait « un type dans ton genre » ? Quel genre de type était-il donc, lui qui s'était toujours considéré au contraire comme un cas particulier ?

— Oui, et ça me convient.

— Parfait, répondit-il sans chercher à dissimuler un mélange d'indignation et d'agacement. Je craignais que tu attendes de moi autre chose que quelques instants de plaisir.

— Je ne vois pas où est le problème. N'est-ce pas la seule chose que tu puisses m'offrir ?

Il respira à fond pour éviter de la contredire. Après tout, c'était réellement tout ce qu'il pouvait lui offrir, tout ce qu'il avait jamais pu offrir aux femmes.

Mais cela ne répondait pas à la question inopportune qu'il ne pouvait s'empêcher de ressasser. Une question qu'il brûlait de lui poser, même s'il n'en avait pas le droit. Avec qui exactement avait-elle couché après avoir perdu sa virginité avec lui ? Et avec combien d'hommes, durant ces quatre années ? Avaient-ils rencontré son fils et eu une relation avec lui alors que lui-même n'en avait pas ? Quel genre de type considérait-elle comme digne d'entretenir avec elle une véritable relation ? Il aurait bien eu envie de le savoir.

— Tu as raison, répondit-il entre ses dents.

Il avait surmonté sa curiosité qui n'était que le résultat d'une soirée passée à entrevoir son décolleté, à sentir par intermittence son délicat parfum – frais et sensuel – et à la regarder lécher sa cuillère enduite de chocolat. Sans parler de cette conversation révélatrice sur leur passé à tous les deux, qu'il n'avait pas prévue et qui l'avait mis mal à l'aise.

Elle le contemplait toujours, les sourcils froncés, comme si elle était consciente du combat qu'il menait pour garder son calme, et qui l'irritait davantage encore.

— Si, tout ce que tu cherches, c'est une aventure sans lendemain, je ne vois pas où est le problème.

Au fond, là était la vraie question.

Elle se tourna vers lui, et il ne put résister à l'éclat saphir de ses yeux.

— Je ne veux pas me mettre dans une situation délicate, voilà tout. Mac doit être ma priorité. Es-tu certain que ça ne risque pas de te poser problème ?

— Je ne vois pas lequel, répondit-il, en pleine confusion.

— Que tu t'attaches trop à moi. Et au plaisir que nous prenons ensemble.

Il faillit éclater de rire. Parlait-elle sérieusement ? Il lui avait pourtant bien dit qu'il était incapable de s'attacher. Mais le rire s'éteignit dans sa gorge. Sa peau nacrée et des grands yeux bleus la faisaient soudain paraître si jeune… et si fragile ! Quel imbécile il était ! Il avait été son premier amant, et elle était la mère de leur fils. Jamais il ne pourrait couper les ponts comme il l'avait fait avec ses autres conquêtes quand elles devenaient trop exigeantes, avant de les connaître.

Un instant, il envisagea de renoncer au plaisir qu'ils goûteraient les nuits et les jours suivants. Pour se protéger, la protéger et régler définitivement le problème auquel elle avait fait allusion. Mais une bouffée de désir s'empara de lui, et il comprit que ce n'était pas seulement le sexe qui l'intéressait, mais l'envie d'en apprendre davantage sur elle.

Il fronça les sourcils, troublé par la fascination qu'elle exerçait sur lui. Tant qu'il n'oublierait pas les risques qu'il courrait à prolonger cette relation au-delà de quelques jours, il n'avait rien à craindre, n'est-ce pas ? Après tout, il avait beau tout ignorer d'une intimité partagée qu'il avait toujours redouté d'encourager, il avait toujours su éviter ce piège.

— Je te garantis de ne pas m'attacher trop à toi, dit-il d'une voix ferme.

Et toi non plus, ne t'attache pas à moi, car tu découvriras vite que je n'ai pas grand-chose à t'offrir.

— Dans ce cas, d'accord, je passerai chez toi le reste de la semaine. Juste pour le plaisir de ta compagnie… nocturne.

Il émit un rire étouffé, grisé par cette perspective, avant d'appeler le serveur.

— Annulez les cafés, dit-il, et allez chercher la veste de madame. Nous partons tout de suite.

10.

Carmel frissonna – pas uniquement sous l'effet de la brise printanière – en apercevant la voiture qui les attendait devant l'entrée du restaurant.

— Tu as froid ? lui demanda Ross en posant la main sur son dos, ce qui ajouta encore à son trouble.

Une tiède humidité sourdait entre ses cuisses. De nouveau, elle avait l'impression d'être cette femme imprudente, enfiévrée par une poussée d'adrénaline. Une femme incapable de renoncer à satisfaire son désir.

Le chauffeur ouvrit la portière, et Ross l'aida à s'installer dans le véhicule qui sentait le cuir neuf et le santal, avant de s'asseoir à côté d'elle.

— Relevez la vitre de séparation, Jerry, et prenez l'itinéraire touristique.

L'écran remonta, transformant l'habitacle en un cocon douillet. Comme la voiture démarrait, elle voulut boucler la ceinture de sa main tremblante, mais il lui prit le poignet pour l'en empêcher.

— Et si nous vivions dangereusement ? proposa-t-il avec dans le regard une étincelle qui fit battre plus vite le cœur de Carmel.

Elle lâcha la bretelle et acquiesça d'un signe de tête. Il l'attira à lui. Elle s'agenouilla sur le siège de cuir au-dessus de lui, les mains posées sur ses épaules, la robe remontée sur les hanches. Lorsqu'il la prit par les fesses, elle sentit son érection sous le lainage de son pantalon. Les caresses de ses doigts habiles attisèrent encore l'excitation qui s'était emparée d'elle, tandis qu'il écrasait la bouche sur ses lèvres frémissantes qui s'ouvrirent instinctivement.

— Enlève ta veste, ordonna-t-il en plongeant son regard dans le sien.

Elle obéit, et la robe glissa sur une de ses épaules, comme durant le repas, mais, quand elle voulut relever l'épaulette, il l'en empêcha et passa le doigt sous la bretelle de son soutien-gorge pour l'écarter en même temps que le corsage. Le tissu résista, bloqué par les pointes durcies de ses seins. En jurant à mi-voix, il déboutonna la robe sans cesser de la caresser.

Elle se cabra à ce contact qui l'excitait sans la satisfaire et se pressa contre son érection.

— Chut, murmura-t-il, ravi et tout aussi excité qu'elle. Attends un instant.

Elle allait protester quand son corsage finit par s'ouvrir, révélant son soutien-gorge de dentelle pourpre qu'il lui ôta d'une main habile.

Surprise par sa dextérité, elle s'écarta pour croiser les bras sur ses seins qu'elle n'avait pas envie d'exposer en plein Manhattan.

En riant, il laissa courir ses doigts sur eux pour en agacer les pointes avant de presser le visage contre sa gorge nue qu'il se mit à embrasser. Elle frissonna, en proie à une multitude de sensations surgies de toutes les parties de son corps où il était à l'œuvre.

— Je ne veux pas qu'on nous voie, murmura-t-elle en désignant du menton les écrans qui illuminaient le croisement de Times Square et de Broadway. On risque de se faire arrêter.

Ravi par sa naïveté, il éclata de rire.

— C'est une vitre spéciale. Le seul qui puisse te voir, c'est moi, dit-il en passant le doigt à l'intérieur de sa culotte.

— Tu… tu en es sûr ?

— Mais oui. Laisse-moi faire.

Elle baissa les bras, et deux secondes plus tard il l'avait enfin débarrassée de son soutien-gorge. Elle était maintenant à cheval sur ses genoux, nue jusqu'à la taille, haletante de désir. Sans plus chercher à se cacher, elle le laissa se repaître de ce spectacle.

Après lui avoir caressé les seins, il se pencha pour en prendre une pointe dans sa bouche, avant de faire subir le même sort à l'autre. Jamais elle n'aurait cru qu'elles étaient aussi sensibles, ni que des ondes brûlantes, presque douloureuses, les reliaient à son intimité.

Elle ne put retenir un cri tant la sensation enflammait son corps, et ses sanglots résonnèrent dans l'habitacle tandis qu'il ouvrait doucement son sexe de ses doigts. Elle tressaillit en les sentant se poser sur son clitoris, et l'orgasme la souleva, cascadant en elle en vagues successives, dans un maelstrom de sensations.

Tremblante, elle s'effondra contre lui. Quand elle sentit les pointes de ses seins frotter contre le lainage de sa veste, elle prit conscience qu'il ne s'était pas déshabillé. Mais elle était incapable de penser, l'esprit flottant dans un épais brouillard, entre béatitude et consternation.

La main de Ross remonta pour lui caresser le cou. Elle enfouit son visage contre son épaule tandis qu'il lui murmurait des mots tendres, et elle eut l'impression de compter pour lui, même si elle savait qu'il n'en était rien.

Comment pouvait-il si bien savoir la caresser, la faire jouir ? Et quel rapport entre ces sensations et la pression douloureuse qui faisait battre son cœur trop vite ?

Soudain la voiture s'immobilisa, et elle comprit qu'ils étaient de retour à son loft.

— On rentre ?

Elle se força à lui sourire d'un air coquin, même si elle avait la gorge serrée.

11.

Carmel releva une dernière fois son pinceau, le plongea dans un gobelet d'essence de térébenthine et recula d'un pas. Son œuvre était terminée. Au-delà de son chevalet, elle contempla son modèle, allongé sur les dalles de l'atrium où il se reposait chaque matin après sa promenade avec Nina. Peut-être n'était-ce pas le plus beau chien du monde, mais il était si dynamique et si sociable qu'elle n'avait pas pu s'empêcher de commencer son portrait, trois jours plus tôt, après avoir terminé celui d'Orwell.

Et puis, tu veux offrir à Ross un cadeau qui lui rappelle cette semaine.

Elle repoussa cette idée bien trop sentimentale.

— Hé ! Tu veux voir comme tu es beau ? lui demanda-t-elle, la gorge serrée à la pensée que son séjour chez Ross touchait à sa fin.

Rocky dressa les oreilles, et tout son corps suivit. Dédaignant le chevalet, il se précipita vers elle et enfouit son museau dans son giron.

— Ça ne t'intéresse pas ?

Demain, quand elle serait de retour en Irlande, Rocky allait lui manquer, et son maître aussi.

Elle contempla le soleil qui se couchait à l'horizon sur le New Jersey, et sa nostalgie s'accentua encore.

Jamais cela n'aurait dû se produire. Comment avait-elle

pu s'attacher à ce point à un homme qui était censé être de passage dans sa vie ?

Ross allait bientôt rentrer, et ce serait leur dernière nuit ensemble. Les six jours précédents – depuis qu'ils avaient conclu leur pacte diabolique sur la terrasse de ce restaurant branché – avaient passé comme l'éclair, au gré d'émotions confuses et de leur insatiable désir.

Chaque nuit, ils faisaient l'amour plusieurs fois sans réussir à l'assouvir. Chaque matin, elle était arrachée à ses rêves par les caresses de Ross qui déclenchaient dans tout son corps une irrésistible réponse. Ils avaient pris l'habitude de se doucher et de prendre le petit déjeuner ensemble. Puis il partait pour la journée, et les heures passées sans lui s'étiraient, remplies de pensées angoissantes et de besoin inassouvi, ponctuées de « Et si… ? » de plus en plus difficiles à maîtriser.

Quand il rentrait, rapportant toujours de la nourriture qu'ils dégustaient avant de se jeter l'un sur l'autre, elle éprouvait une flambée brutale de joie et d'excitation qui n'était pas seulement de nature sensuelle.

Pourquoi pensait-elle à lui sans arrêt ? Pas seulement à l'effet qu'il produisait sur son corps, mais aussi à la façon dont il la regardait quand elle lui racontait sa journée ou son dernier appel vidéo avec Mac. Comme s'il s'intéressait vraiment à ce qu'elle lui disait sur elle ou leur fils.

Sans parler de toutes les questions qu'elle se posait à son sujet sans oser les formuler parce que cela ne ferait qu'accroître cette impression d'intimité. Une intimité qu'elle refusait, qu'elle n'aurait pas dû encourager, sans pouvoir s'empêcher de le faire.

Pour tout dire, seuls Mac et son travail la rattachaient encore à la réalité. Son adorable petit garçon ne manifestait aucun signe de détresse, il allait se coucher chaque soir sans problème. Il s'amusait beaucoup, non seulement à la ferme, mais aussi à Kildaragh avec Katie et Conall, qui, au grand étonnement de tous, avaient décidé de passer les deux premières semaines de leur lune de miel tout près de chez eux, à Galway.

Quand elle serait de retour, il faudrait qu'elle les remercie tous les deux d'avoir autorisé son petit diable à s'incruster dans leur escapade romantique.

Mais son interlude avec Ross n'était pas censé avoir d'avenir, comme ils en étaient convenus au restaurant une semaine plus tôt. Même si elle mourait stupidement d'envie de le voir se prolonger… Sans doute l'effet de leurs ébats. Elle devait être devenue accro au sexe.

Elle nettoya ses pinceaux et couvrit d'un drap blanc le portrait qu'elle avait décidé d'offrir le soir même à Ross en guise de cadeau d'adieu. Rien de romantique, un simple geste de reconnaissance pour le plaisir qu'elle avait éprouvé tout au long de la semaine. Car il était grand temps qu'elle quitte New York.

Ce matin, Mac lui avait pour la première fois demandé quand elle rentrait, ravivant la sensation de manque qu'elle éprouvait toujours quand elle était loin de lui. Il fallait qu'elle revienne en Irlande, qu'elle reprenne sa vie d'avant. Elle manquait à son fils, et il lui manquait. Désespérément. C'était lui qui donnait à sa vie tout son sel.

Cette semaine, elle avait renoué avec l'adolescente qu'elle avait été jadis, assoiffée de sensations. Chaque soir elle s'était endormie dans les bras de Ross. Elle avait tout partagé avec lui, de la politique au rugby en passant par le dernier spectacle du Met, devant un bol de thé le matin ou en improvisant un pique-nique sur sa terrasse. Elle ne se lassait pas de ce regard qui lui donnait l'impression d'être spéciale, appréciée, importante pour lui, même si elle savait qu'en réalité ce n'était pas le cas.

Cette intimité toute simple, cette complicité lui avaient donné l'illusion qu'elle aurait pu vivre pour de bon avec cet homme sexy, charismatique et taciturne, mais il n'était pas fait pour elle.

Elle soupira en repensant aux jours écoulés, aux moments de plus en plus intenses qu'ils avaient vécus. Elle avait perdu de vue la réalité et cru redevenir l'adolescente qui voulait ce qu'elle ne pouvait pas avoir. Comme la petite fille d'avant qui aurait tant souhaité que sa mère s'intéresse à elle et l'aime, sans pouvoir l'obtenir. Ce désir autodestructeur, il fallait qu'elle le maîtrise, car de toute façon Ross n'était pas l'homme qu'il lui fallait… Trop contrôlé, trop méfiant, refusant de s'ouvrir à qui que ce soit. Mais peut-être était-ce justement ce qui l'attirait chez lui, et elle en était horrifiée. Comme un challenge à relever, pour elle qui avait toujours tenté de relever tous les défis, même les plus insurmontables.

Rocky se précipita dans le salon en aboyant. Le cœur de Carmel se mit à battre follement quand la porte de l'appartement s'ouvrit.

Ross était rentré de bonne heure. Elle ravala l'angoisse tapie au fond de sa gorge et finit de ranger son matériel.

Ne t'emballe pas. Sois cool, reste calme. Protège-toi. C'est ta dernière nuit ici, c'est comme ça.

Elle entendit Ross parler à son chien de sa voix grave.

— Carmel, où es-tu ? lança-t-il ensuite.

Son cœur se mit à battre très fort, et elle se dirigea vers le salon où elle aperçut sa haute silhouette. Dans son costume, il était terriblement sexy, desserrant d'une main sa cravate, tout en continuant à caresser son chien de l'autre.

Son regard se riva au sien, intense et possessif comme toujours, et aussitôt elle sentit un irrépressible désir s'emparer d'elle.

— Comment vas-tu ? demanda-t-elle.

— Très bien puisque je suis enfin de retour à la maison.

« À la maison. » Ces mots résonnèrent dans la poitrine

de Carmel bien plus fort qu'ils n'auraient dû. Cette maison n'était pas à elle, ni à Mac, c'était celle de Ross. Pourquoi n'arrivait-elle pas à se le mettre dans la tête ?

— Assis, Rocky, dit-il d'une voix ferme.

Le chien s'immobilisa sur le sol tandis qu'il se dirigeait vers elle. Il la prit par le menton pour la regarder dans les yeux, et elle lut un tel désir dans les siens qu'elle en fut toute retournée.

— Si on allait dans ma chambre ?

Elle acquiesça en s'efforçant d'ignorer sa propre excitation, si forte qu'elle en avait les jambes coupées. Il la souleva alors dans ses bras et la porta jusqu'à l'escalier. Elle noua les jambes autour de sa taille en l'embrassant avidement. Le sexe allait tout arranger et faire disparaître cette douleur. Parce qu'au fond c'était à cela que se résumait leur relation…

Ils se précipitèrent dans la pièce et commencèrent à se déshabiller frénétiquement, sans que pour autant disparaisse l'affreux mélange de désespoir, de confusion et de désir qui lui serrait le cœur.

Ross reprit ses esprits lentement, encore en proie aux derniers spasmes d'un orgasme ravageur. Il roula sur le côté, épuisé et comblé – autant qu'il pouvait l'être car jamais il n'était vraiment rassasié d'elle.

Il lui avait fait l'amour comme un fou. Il avait tellement envie d'elle qu'il ne s'était même pas arrêté pour acheter un plat à emporter sur le chemin du retour, contrairement aux autres soirs…

Pourquoi son désir se renforçait-il chaque jour à ce point ? Pourquoi ne pouvait-il pas arrêter de penser à elle ? Toute la journée. Jour après jour…

Cette semaine, impossible de se concentrer sur son travail ni de s'y intéresser. Il ne travaillait plus que huit heures par jour et non quatorze, parce qu'il ne supportait pas d'être loin d'elle.

Aujourd'hui, sous la douche, au lieu de réfléchir à sa visioconférence concernant un bateau en détresse dans le golfe du Mexique, il l'avait revue en train de gémir de plaisir. Il s'était ridiculisé devant la directrice de la filiale sud-américaine de De Courtney et ses deux assistants : quand elle lui avait posé une question précise sur le sujet dont ils discutaient, il s'était trouvé incapable de répondre.

Mais le problème, ce n'était pas seulement ce désir insatiable. Il y avait quelque chose de plus grave.

Chaque matin, il la regardait s'installer sur le tabouret, pour le petit déjeuner, et piocher dans le paquet de céréales dont elle était devenue aussi accro que lui. Parfois, quand elle lui racontait une histoire concernant leur fils, elle souriait de bonheur, un bonheur communicatif. Il se demandait même si, ce qui le fascinait, c'étaient les détails qu'elle lui donnait sur Mac – son amour des chiens et des chevaux, sa façon d'éparpiller ses jouets partout dans le salon, son dégoût pour les légumes verts, même quand elle tentait de les dissimuler dans les plats qu'elle lui préparait – ou la joie qui brillait dans ses yeux dès qu'elle parlait de leur enfant.

Et puis, il y avait cette sensation, quand il la prenait dans ses bras, si tiède et si tendre, qui chassait tous ses cauchemars. Les traces de peinture dans ses cheveux qu'il adorait laver après l'amour, l'odeur de térébenthine et d'huile qui l'environnait et se répandait dans la maison.

Et aussi la perspective de l'y trouver chaque soir, qui l'attendait en compagnie de Rocky. Jusque-là, depuis six ans qu'il avait emménagé à Manhattan, jamais il ne s'était vraiment senti chez lui dans cet appartement.

Le pire, c'était d'imaginer à quel point elle allait lui manquer dès le lendemain, quand elle serait partie.

Elle s'assit à côté de lui sur le lit.

— Tu as apporté quelque chose pour le dîner ? s'enquit-elle.

Il ne put s'empêcher de baisser les yeux sur son dos nu.

— Non, pas aujourd'hui, répondit-il en lui caressant les fesses. Ça m'est complètement sorti de l'idée. Et si je t'emmenais dîner dehors ?

Quitter cet appartement et ce lit, c'était pourtant bien la dernière chose qu'il ait envie de faire. S'il l'avait pu, il aurait volontiers passé les quatorze heures suivantes – avant qu'elle ne s'envole – au lit avec elle.

Il avait même élaboré un plan pour y parvenir : il avait demandé à son assistant de modifier son emploi du temps et de faire ouvrir sa maison de Long Island pour y prendre huit jours de congé – les premiers depuis la mort de son père.

Mais sur le chemin du retour, il avait renoncé à cette idée.

Pourquoi se laissait-il obséder par cette femme ? S'il n'avait pas été aussi perturbé, il en aurait ri lui-même. Et était-il bien raisonnable d'envisager de passer vingt-quatre heures sur vingt-quatre avec elle alors qu'il pensait déjà à elle toute la journée ?

Elle le regarda par-dessus son épaule tout en maintenant la couette sur ses seins si sensibles à ses caresses, et s'empourpra, ce qui fit ressortir ses taches de rousseur. Il adorait sa façon de rougir, sans doute parce qu'elle lui rappelait alors la femme qu'il avait rencontrée cette nuit-là. Cette femme belle et pleine d'audace, trop franche et excitante, sans apprêt, qui lui avait donné envie de la protéger... Même si la seule personne à protéger dans cette histoire, c'était lui.

Elle lui offrit ce sourire généreux qu'il adorait.

— Pourquoi pas ? Ça fait un moment que je ne suis pas sortie de cet appartement, mais d'abord je veux te montrer quelque chose.

Elle sortit du lit et chercha ses vêtements qu'elle enfila

rapidement sous son regard intéressé. Sa culotte, son soutien-gorge, un vieux jean maculé de peinture et un large T-shirt vert à l'effigie de l'équipe nationale de rugby irlandaise, aussi taché que son pantalon.

Il s'étira et se rajusta lui aussi, heureux que la couette dissimule l'érection qui se manifestait de nouveau.

Depuis quand une femme en train de s'habiller produisait-elle sur lui pareil effet ?

Elle secoua son épaisse chevelure rousse et l'attacha en queue-de-cheval.

— Si tu veux voir ta surprise, tu ferais mieux de sortir du lit… Il faut qu'on ait fini de manger à minuit.

— Je vais prendre une petite douche. Tu veux me rejoindre ?

Un éclair passa dans les yeux de Carmel, mais elle fit signe que non.

— Tu sais très bien que, si j'accepte, nous ne sortirons pas de cet appartement.

— Tu as raison, dit-il, cachant sa déception et la certitude qu'il regretterait son refus.

Il serait temps d'en finir, De Courtney. Cette situation t'échappe complètement.

Il sortit les pieds du lit tout en restant drapé dans la couette.

— Je vais me doucher en bas et je te retrouve dans l'atrium, dit-elle en sortant de la pièce.

Il prit une douche glacée pour calmer ses ardeurs, puis il se rasa et s'habilla, bien décidé à ne plus céder à ce désir envahissant. Au fond, mieux valait que Carmel rentre le lendemain. Il faisait une fixation sur elle, c'était évident, mais l'important était d'établir une relation avec son fils, ce dont ils n'avaient pas vraiment discuté, trop occupés par le reste.

Lorsqu'il descendit l'escalier, Rocky l'accueillit avec son enthousiasme habituel. Heureusement, son chien lui tiendrait compagnie quand Carmel ne serait plus là. Jusque-là, il n'avait jamais eu de problème à vivre seul. Il entra dans l'atrium et la vit, debout devant son chevalet. Le soleil couchant donnait à ses cheveux des reflets d'or brun, et immédiatement son désir resurgit.

Je ne veux pas qu'elle s'en aille. Pas encore. Je ne suis pas prêt. Et puis, il y a ce garçon. Je veux le connaître mais, pour ça, j'ai besoin qu'elle m'aide.

Elle fit un pas de côté.

— Qu'est-ce que tu en penses ? dit-elle en regardant le tableau posé sur le chevalet. J'ai pensé que tu aimerais avoir un portrait de Rocky.

Il le contempla, ébahi, incapable de prononcer le moindre mot. Le portrait était superbe, très ressemblant, et elle avait réussi à rendre l'expression d'adoration qui illuminait le regard du chien. Il se serait presque attendu à le voir sauter de la toile pour lui lécher la main.

Mais lorsque leurs yeux se croisèrent, il oublia le talent de l'adorable portraitiste.

— C'est pour moi que tu as peint ce tableau ? balbutia-t-il, si ému qu'il était presque incapable de parler.

Cela faisait si longtemps qu'on ne lui avait pas fait de cadeau ! Son père ne lui en offrait jamais, et l'anniversaire de Ross n'était pour lui qu'une occasion de plus de lui rappeler ses responsabilités envers le nom des De Courtney. Enfant, il avait passé tous ses Noëls en pension et n'avait pas d'ami assez proche pour connaître la date de son anniversaire, encore moins pour le fêter avec lui. D'ailleurs, il évitait de sortir durant la période des fêtes pour échapper à ce climat de sentimentalité qui l'agaçait.

Non seulement ce présent était extraordinaire, mais il avait été bien réfléchi. Comment avait-elle réussi à rendre aussi parfaitement tout ce que Rocky représentait pour lui et deviner que ce chien lui offrait la chaleur et la convivialité dont il avait longtemps cru ne pas avoir besoin ?

Soudain, il sut qu'il ne pourrait pas la laisser partir. Parce qu'il se trouvait au bord d'un précipice et que seul le regard tendre que Carmel posait sur lui – le même que quand elle parlait de leur fils – lui permettrait de s'en écarter…

— Ross ? Tout va bien ? s'enquit-elle, soudain inquiète.

Le regard rivé au sien, il paraissait au bord du malaise. Une minute plus tôt, il était parfaitement maître de lui, ses défenses bien en place, comme toujours après avoir fait l'amour, même si dans les transports de la passion il laissait parfois entrevoir une certaine vulnérabilité. Mais dès que c'était terminé, il ne tardait pas à remettre le masque et elle se demandait alors si elle n'avait pas été victime de son imagination.

Cette fois, pourtant, il était clair qu'une brèche venait de s'ouvrir. Durant un instant terrifiant, il lui était devenu totalement transparent et ce qu'elle avait vu alors lui avait brisé le cœur : passion, désespoir, confusion, panique, et surtout nécessité vitale de…

À cette seconde, elle comprit soudain qu'elle était amoureuse de lui, ce qui était bien plus dangereux que son désir sensuel ou ses besoins insatisfaits de petite fille abandonnée.

— Il te plaît ? demanda-t-elle, terrifiée de deviner que son cœur ne lui appartenait déjà plus, ne sachant pas si celui de Ross était disponible ou pouvait l'être un jour. Mais comment savoir si, elle, il pouvait l'aimer ? Ou seulement essayer ?

Elle avait passé son enfance à lutter pour essayer de gagner l'amour de sa mère, ce qui l'avait rendue téméraire et impulsive, puis craintive. Elle ne voulait pas employer sa vie d'adulte à recommencer avec lui.

— C'est incroyable, dit-il.

— Un cadeau d'adieu, répondit-elle, bien décidée à lui rappeler qu'ils allaient bientôt se quitter.

Pas question de se laisser bercer par de faux espoirs.

— Ne pars pas, Carmel…

— Pardon ?

Elle avait certainement mal entendu.

— Ne repars pas demain en Irlande. J'ai une propriété à Long Island où je passe parfois le week-end, mais cela fait près de dix ans que je n'ai pas pris de vraies vacances. Les prévisions météo sont excellentes. J'aimerais t'y emmener.

— Je ne peux pas rester. Il faut que je rentre. Mac a besoin de moi et, moi aussi, j'ai besoin de lui.

Elle s'en voulut d'avoir un instant envisagé d'accepter. À quoi bon poursuivre une chimère alors que son fils lui manquait terriblement ?

— Nous pourrions le faire venir pour qu'il passe du temps avec nous.

— Tu es… Tu es sérieux ?

Quand elle lui avait parlé de leur enfant, il l'avait écoutée et l'avait longuement interrogée à son sujet, mais elle ne s'attendait pas à ce revirement.

— Absolument. Si je veux construire une relation avec lui, nous savons tous deux que j'aurai besoin de ton aide. Je ne connais rien aux enfants et je ne veux pas me tromper. Ce sera un grand changement pour nous tous.

— Je suis… dépassée, balbutia-t-elle.

C'était vrai. Un fol espoir venait de naître en elle, mais il n'avait pas sa place dans cet accommodement. Elle devait se montrer pratique, se protéger de ses idées chimériques. Ne pas laisser réapparaître la gamine apeurée qui croyait se faire aimer simplement parce qu'elle le désirait.

— Il faudrait que j'aille le chercher. Il n'a que trois ans. Il ne peut pas voyager seul.

S'ils se décidaient, ils le feraient pour Mac, pas pour eux.

— Et si je demandais à Katie de l'accompagner ?

D'ailleurs, il faut que nous nous réconciliions, elle et moi. Après la façon dont je me suis comporté lors de son mariage, il faut que nous parlions.

De nouveau, elle fut stupéfaite qu'il envisage cette possibilité. C'était la preuve qu'il prévoyait un changement plus important que sa seule relation avec Mac.

— Pourquoi pas ?

Elle n'était pas certaine que Katie accepte, car elle était en pleine lune de miel. Si elle le faisait, Conall tiendrait sûrement à l'accompagner dans le jet de Rio Corp. Mais si Ross tenait à renouer avec eux, il faudrait qu'il parle aussi à Conall. Et puis, la présence de son frère et celle de Katie les aideraient à se concentrer sur l'essentiel, c'est-à-dire sur la relation entre Ross et son fils.

— Très bien. Je m'en occupe, dit-il avant de s'approcher pour prendre le visage de Carmel entre ses mains. Et si nous commandions à dîner ? Je n'ai plus trop envie de sortir ce soir.

— Écoute, Ross…

Il fallait à tout prix, avant l'arrivée de Mac, mettre fin à l'intimité qu'ils avaient partagée, beaucoup trop dangereuse pour son cœur.

— On ne peut pas continuer à partager la même chambre quand Mac sera là. Il risque de ne pas comprendre.

La bonne excuse ! S'ils s'étaient montrés discrets, Cormac n'aurait pas su qu'ils couchaient ensemble. Elle s'en voulait d'utiliser leur fils pour dissimuler son mensonge, mais elle n'avait pas le choix si elle voulait ménager son cœur une semaine encore. Ce serait déjà assez difficile de voir Ross avec leur fils…

— Pourquoi ? Il t'a déjà vue avec d'autres hommes ?

— Il n'y a pas eu d'autre homme.

Au regard stupéfait qu'il lui jeta, elle comprit qu'il en devinait plus qu'elle ne l'aurait voulu. Ses joues s'empourprèrent, mais il était trop tard pour chercher à dissimuler les faits.

— Il n'y a donc eu que moi ?

Elle aurait préféré mentir, pour se sentir moins vulnérable, mais elle en était incapable. D'ailleurs, en mentant, elle donnerait plus de poids encore à la vérité – elle n'avait couché avec aucun autre homme. Elle haussa les épaules.

— Être mère est un travail à plein temps, dit-elle en tentant de minimiser l'affaire.

Il lui faudrait se montrer d'autant plus prudente. Elle regrettait qu'il n'ait pas été plus étonné de la voir accepter sa proposition, elle aurait pu le tenir à distance plus facilement. Au lieu de quoi il s'était contenté de la fixer d'un regard plus pénétrant encore.

— Je vois, dit-il en l'attirant à lui.

Il posa ses lèvres sur les siennes et l'embrassa passionnément. Un baiser possessif qui brisa le cœur de Carmel. Elle refoula sa peur, pour y répondre et mieux goûter ce moment.

Elle n'était plus aussi téméraire que jadis et jamais elle ne compromettrait le bonheur de Mac ni le sien pour une chimère. C'était donc la dernière nuit qu'ils passeraient ensemble.

Pourtant, quand il la souleva dans ses bras pour monter l'escalier, elle s'autorisa à redevenir une dernière fois l'adolescente téméraire qu'elle était cette nuit-là.

12.

— Merci d'avoir interrompu ta lune de miel pour accompagner Mac, Katie, dit Ross en se dirigeant vers le bar pour se servir un whisky.

Le soleil couchant qui illuminait la mer à l'horizon, et l'air embaumé, apaisèrent les battements précipités de son cœur. Dix minutes plus tôt, il venait pour la première fois de tenir son fils dans ses bras.

— Durant le vol en avion, Mac était très excité mais, une fois dans l'hélico, il s'est endormi comme une masse, lui dit Katie.

Il avait oublié que son fils était si petit. Quand l'hélicoptère avait atterri à Long Island et que son beau-frère était sorti de l'appareil, tenant dans ses bras l'enfant endormi, Ross avait senti son cœur se serrer en le voyant si frêle et sans défense.

Cormac s'était réveillé un court moment et avait souri à sa mère qui l'avait aussitôt pris dans ses bras. Puis elle s'était tournée vers Ross.

— Il est lourd. Tu peux le tenir ?

En soulevant l'enfant, il avait soudain réalisé qu'il ne savait pas comment faire. Mais Mac avait niché sa tête au creux de son épaule et noué ses bras autour de son cou. Une douce odeur de talc avait envahi ses narines, et l'enfant s'était aussitôt rendormi.

Le cœur de Ross s'était mis à battre plus vite. D'angoisse,

de panique, mais aussi parce qu'il découvrait qu'il était prêt à tout pour protéger cet enfant. Il s'était alors rappelé pour quelle raison il avait invité Mac… et Carmel à Long Island.

Il avala une gorgée de scotch pour oublier l'embarras qu'il avait ressenti ensuite, quand Conall l'avait défié du regard en lui reprenant l'enfant pour l'installer dans son lit, avec l'aide de Carmel, pendant qu'il discutait avec Katie. Car, durant trois ans, O'Riordan avait tenu son rôle de père auprès de Mac, et cette idée le perturbait. Pire, il savait qu'il n'avait aucun droit sur cet enfant, et s'il l'avait invité ici, avec sa mère, ce n'était pas par pure générosité.

Il avait été très contrarié que Carmel exige de ne plus partager son lit et avait ressenti un besoin viscéral de la faire changer d'avis, surtout depuis qu'elle lui avait avoué qu'il était le seul homme avec qui elle ait couché. Cette révélation avait accru sa possessivité et avait rendu leur dernière étreinte plus intense et plus désespérée. Mais cet après-midi, depuis leur arrivée dans sa propriété, et ensuite, tandis qu'ils attendaient l'hélicoptère d'O'Riordan, il s'était obligé à s'éloigner d'elle pour la laisser respirer. Maintenant, après avoir tenu son fils dans ses bras pour la première fois, il comprenait qu'il aurait tort d'essayer de la ramener dans son lit.

Il avait trop longtemps refusé sa responsabilité de père pour risquer de tout gâcher. Et puis, qu'avait-il vraiment à offrir à Carmel ?

— Veux-tu boire quelque chose, Katie ? demanda-t-il à sa sœur.

— Non, merci, dit-elle en rougissant, la main posée sur son ventre.

— Ma parole ! Tu es enceinte ?

— Comment le sais-tu ? s'enquit-elle, stupéfaite.

Il se mit à rire, et cet incident suffit à chasser toute tension entre eux. Il se rappela à quel point elle avait toujours été transparente, même lorsqu'elle était une adolescente abandonnée, accablée par le chagrin. La première fois qu'elle l'avait vu, et alors qu'il était pour elle un parfait étranger, elle s'était précipitée vers lui et l'avait serré dans ses bras en pleurant et en lui disant qu'elle était folle de joie d'avoir un frère.

Cela l'avait mis très mal à l'aise, et il s'était contenté de lui tapoter le dos en se demandant ce qu'il allait pouvoir bien faire de cette gamine qu'il ne connaissait ni d'Ève ni d'Adam. Il avait fini par se débarrasser d'elle en l'inscrivant dans de coûteuses pensions. Si ce jour-là, hélas, il avait fait défaut à sa demi-sœur, pas question qu'il recommence avec Mac. C'était là qu'il devait concentrer son énergie, et pas sur la relation ambiguë qu'il entretenait avec la mère du garçon.

— On lit en toi comme dans un livre, Katie.

Mais cette nouvelle faisait déjà écho dans sa poitrine. Sa petite sœur allait avoir un bébé, mais était-elle mieux préparée que lui à ce rôle ? Même enfant, elle avait toujours été ouverte, compréhensive et généreuse, des qualités qu'il devrait acquérir s'il voulait remplir correctement ses obligations de père.

— C'est plutôt toi qui sais lire dans les pensées des autres !

Il lui sourit et lui versa un verre d'eau gazeuse où il ajouta des glaçons et une rondelle de citron avant de le lui tendre.

— Je suppose que je dois te féliciter ? Pour quand est la naissance ?

— J'ai fait faire une échographie il y a deux jours, répondit-elle avec un large sourire, et cela pourrait tomber le soir de Noël. C'est terrible ! Qui a envie d'être né le soir de Noël ? Mais je me suis retrouvée enceinte plus tôt que nous l'avions prévu. Conall est encore sous le choc. Il était certain que ça prendrait plusieurs mois et avait même anticipé l'arrêt de la contraception pour que la naissance ait lieu au printemps. Il trouvait que c'était le moment idéal, mais visiblement le bébé avait un autre projet…

— Dommage ! lança hypocritement Ross, ravi que Conall se soit trompé sur toute la ligne.

Lui, songea-t-il avec tristesse, ne savait même pas quel jour était né son fils. Comment pouvait-il prétendre être père alors qu'il ignorait cette date fondamentale et n'avait même pas pensé à s'en informer ?

— Tu aurais dû me dire que tu étais enceinte. Carmel et moi aurions trouvé une autre solution.

— Ne sois pas idiot, je vais très bien et nous sommes contents d'être venus. Conall possède une maison dans le Maine, et cela fait quelque temps qu'il voulait me la montrer. Ensuite, nous irons chez lui, à Monterey.

Ross doutait fort que son beau-frère ait été content de le revoir : il se rappelait son regard contrarié quand il les avait aperçus, Carmel et lui, côte à côte à l'héliport.

Il le suspectait d'ailleurs d'être en ce moment même en train de soumettre Carmel à la question pour savoir ce qu'ils avaient fait durant la semaine précédente. Néanmoins, devant l'enthousiasme de Katie, il garda son opinion pour lui. De toute façon, son aventure avec Carmel appartenait désormais au passé.

— Je suis très heureuse que tu aies décidé de participer à la vie de Mac. C'est un petit bonhomme incroyable. Tu ne le regretteras pas.

— J'espère que lui non plus.

— Bien sûr que non ! protesta-t-elle en posant la main sur son bras. Je suis sûre que tu feras un excellent père.

— Merci, répondit-il, touché qu'elle puisse croire en lui alors qu'il n'avait rien fait pour le mériter.

En tant que frère, il n'avait pas été à la hauteur, et il ne pourrait jamais rien y changer.

— Je suis désolé, Katie.

— De quoi ? s'enquit-elle en le regardant d'un air surpris sans plus sourire.

— De tout, répondit-il en détournant la tête, car il n'aurait pas supporté de voir son air déçu, même s'il le méritait bien.

Au-delà de la pelouse et des courts de tennis, son regard se posa sur la maison d'invités où allaient séjourner Carmel et Mac, et sur la piscine qu'il avait fait sécuriser par une grille avant l'arrivée de leur fils.

Il avait dépensé une petite fortune pour faire rénover cette propriété trois ans plus tôt. À l'origine, vers 1900, elle avait appartenu à un magnat des chemins de fer, mais dans les années 1980 elle était déjà très délabrée. Pourtant, il n'y avait quasiment jamais séjourné. Il avait travaillé dur pour développer De Courtney mais, chaque fois qu'il atteignait un but particulier, sa vie devenait plus vide car il refusait tout engagement sentimental.

Cela lui faisait trop peur.

Aimait-il déjà son fils ? Était-ce seulement possible ? À cette idée, il sentit son cœur se fendre.

Calme-toi. Tu es capable de gérer tout ça.

Au loin, le soleil s'enfonçait dans les flots, donnant des reflets rouges à l'allée pavée de bois qui menait aux dunes. Quoi qu'il arrive, quoi qu'il puisse ressentir à l'égard de cet enfant, il se jura de ne plus jamais esquiver ses responsabilités. Il allait apprendre à devenir un bon père et finalement accomplir la promesse qu'il s'était faite autrefois d'être un meilleur père que le sien. Et même si cela le désespérait, il ne toucherait plus Carmel.

De nouveau, il se tourna vers Katie.

— Je suis désolé de t'avoir traitée comme si tu étais une dette à payer, et non une sœur.

À son grand étonnement, elle le fixa d'un regard non pas sceptique, mais plein de compréhension.

— Tu aurais eu besoin de tellement mieux que ce que

j'ai pu te donner, reprit-il, et tu le méritais. Ça aussi, ça me désole.

En secouant la tête, elle lui adressa un sourire éclatant et plein d'amour. Il n'en était pas digne, il le savait, et son cœur se serra douloureusement.

— Tu as fait du mieux que tu pouvais, Ross. Et je sais que tu peux faire bien plus que tu ne l'imagines, dit-elle sur un ton si convaincu qu'elle chassa la peur de son cœur.

Non, c'était impossible. Il était trop égoïste, trop arrogant et si terrifié par l'amour… Sinon, il aurait été pour elle un meilleur frère. Et il n'aurait pas demandé à Katie de traverser l'Atlantique pour lui amener son fils, uniquement pour se donner une chance de rester avec Carmel une semaine de plus.

— Je crois que maintenant tu es prêt à ouvrir ton cœur à Mac, dit-elle, les yeux pétillants d'excitation. Et peut-être aussi à sa maman. Entre Carmel et toi, il se passe tout autre chose qu'un simple engagement entre parents, c'est clair.

Elle lui sourit, un sourire léger et tendre, dénué de tout jugement.

— J'en suis ravie, poursuivit-elle. Carmel est une femme extraordinaire, courageuse, honnête et pleine de talent. Et puis… Enfin, je ne voudrais pas jouer les entremetteuses, mais vous faites un beau couple, même en dehors de Mac.

— Je doute que ton mari soit du même avis que toi, hasarda-t-il, l'estomac noué.

Peut-être était-il capable d'aimer son fils puisqu'il éprouvait le besoin viscéral de le protéger. Mais Carmel ? Non, c'était impossible.

— Ne t'en fais pas pour lui.

Katie était tendre, gentille et généreuse, réalisa-t-il, mais elle était trop optimiste et terriblement naïve. Sinon, comment lui aurait-elle si facilement pardonné la façon dont il l'avait traitée ?

— Justement, regarde mon mari ! Dans sa vie sentimentale, il n'avait connu qu'une succession d'échecs, continua-t-elle avec un petit sourire entendu qui révélait que sa relation avec O'Riordan n'avait pas toujours été sans nuages, contrairement à ce que croyait Ross. Vis-à-vis de Mel et d'Immy, il s'est toujours comporté en père plutôt qu'en frère, et il est devenu surprotecteur. Crois-moi, Carmel est très indépendante ; alors si elle te fait assez confiance pour te laisser construire une relation avec Mac, elle est sans doute déjà un peu amoureuse de toi.

Il eut l'impression qu'elle lui enfonçait un poignard dans le cœur.

Impossible. Elle ne pouvait pas être amoureuse de lui.

— Je vois ce que tu veux dire, dit-il avant d'avaler une nouvelle gorgée de whisky en espérant que Katie se trompait complètement.

13.

— Ross, on peut jouer encore un peu ?

— Pas question, Mac, il est temps que tu sortes de l'eau, sinon tu risques de te transformer en poisson.

Carmel sourit en les entendant parler dans la piscine. Mac se mit à rire et, en baissant son livre, elle vit Ross le soulever hors de l'eau où ils avaient joué tout l'après-midi et le hisser sur son épaule. Rocky, qui paressait au pied de la chaise longue de Carmel, les rejoignit en aboyant joyeusement. En contemplant Ross, debout sur les dalles, ses larges épaules ruisselantes de gouttes d'eau, les fesses moulées dans son boxer trempé, Carmel sentit un désir subit se répandre dans tout son corps, mais aussitôt son cœur se serra, comme chaque fois qu'elle les voyait tous les deux ensemble.

Ross reposa par terre Mac qui riait aux éclats, un tableau enchanteur. Il enveloppa son fils dans une serviette et se mit à le sécher avec une habileté qu'elle n'aurait jamais imaginée six jours plus tôt. Et lorsque le chien voulut participer en le léchant, le petit garçon se mit à rire plus fort encore.

— Rocky, assis !

Le chien obéit immédiatement. Entre Mac et lui, pas le moindre problème. D'instinct, il aimait les enfants, et s'était toujours montré placide et protecteur avec lui en dépit de son exubérance. Exactement comme son maître.

— J'aime Rocky, dit Mac en lui passant les bras autour du cou, avant d'enfouir son visage dans son pelage.

— Je sais bien. Et je crois qu'il t'aime aussi, dit Ross d'une voix un peu rauque qui fit monter des larmes aux yeux de Carmel.

Ross aimait son fils et Mac adorait son père.

Elle sentit sa gorge se nouer en se rappelant tous les événements de la semaine.

Ross s'était lancé dans la paternité avec une détermination inattendue et une approche plutôt pratique de la situation. C'était un pragmatique très attentif aux détails. Dès leur arrivée à la propriété, la veille du jour où Conall et Katie devaient leur amener Mac, Carmel avait compris qu'elle avait bien fait de profiter de cette semaine de vacances et de l'opportunité qui lui était offerte de donner un père à son fils, même si cela s'avérait difficile à vivre pour elle.

Elle avait été très surprise de découvrir que la maison n'avait rien de luxueux : c'était une vieille villa italienne pleine de charme qu'on aurait crue sortie tout droit de *Gatsby le Magnifique* et qui avait été méticuleusement préparée pour recevoir leur fils. Dans le vaste pavillon d'invités situé près de la piscine, Ross avait fait repeindre une chambre attenante à celle de Mel et l'avait équipée de tout ce dont un petit garçon pouvait avoir besoin, y compris un lit en forme de bateau pirate et un coffre plein de jouets. Il avait même pensé à faire sécuriser la piscine. Lors de leur arrivée, les ouvriers finissaient de poser le grillage.

— Je ne voulais pas qu'il coure le moindre risque, lui avait expliqué Ross.

Sur le moment, elle s'était interdit de céder à l'espoir fou qu'elle sentait naître en elle, de peur de retomber dans l'illusion qu'elle avait nourrie durant le week-end qu'ils avaient passé ensemble à New York. De son côté, son frère Conall n'avait pas cessé de l'interroger sur ses relations avec Ross, dès qu'elle avait eu couché Mac. Elle lui avait dit la vérité – ou du moins ce qu'il devait en savoir –, c'est-à-dire qu'il n'y avait plus rien entre eux, désormais.

Il l'avait scrutée d'un air suspicieux mais, à sa grande surprise, il ne lui avait plus dit aucun mal de Ross et s'était contenté de soupirer. Puis il l'avait prise dans ses bras et lui avait soufflé à l'oreille :

— Fais attention, Mel. Mac et toi, vous comptez beaucoup pour moi, et je ne veux voir personne vous faire le moindre mal.

Malgré son chagrin, elle avait accueilli avec soulagement la capitulation de Conall. Enfin, son frère avait accepté qu'elle fasse ses propres choix. Cela lui confirmait qu'elle avait eu raison de faire machine arrière et de rester sur ses positions, au lieu de laisser libre cours à des sentiments qui ne seraient jamais partagés.

Le seul problème pour elle avait été d'apprendre que Conall allait devenir père à son tour. Bien sûr, elle en avait été ravie pour Katie et lui, car elle savait qu'il ferait un bon père et Katie une mère merveilleuse. Mais dans le secret de son cœur, elle s'était dit que son frère allait goûter un bonheur complet, contrairement à elle. Elle avait eu honte de cette pensée mesquine qui avait pourtant continué à la tourmenter, alors même qu'elle voyait Ross nouer avec leur fils une relation solide et aimante.

Il parlait à Mac avec simplicité et beaucoup d'attention. Il avait immédiatement assimilé les principes de base de toute éducation, établissant avec leur fils un rapport très différent du sien : alors qu'elle avait tendance à le chouchouter et à lui éviter tout danger, il s'efforçait de le rendre plus indépendant. Avec lui, il était plus ferme, mais aussi plus audacieux, tout en restant protecteur ; elle devait bien reconnaître qu'à son contact Mac avait acquis plus de confiance en lui, en particulier dans la piscine. Au début, il hésitait à mettre la tête sous l'eau alors que désormais il était ravi de le faire, du moment que Ross était à côté de lui au cas où il boirait la tasse.

Il lui fallait bien avouer que ce qu'elle avait ressenti en les observant lui avait d'abord déplu, car jusque-là il n'y avait jamais eu qu'elle et Mac. Elle avait en main toutes les cartes et prenait toutes les décisions. Maintenant, elle avait beau être contente d'avoir quelqu'un avec qui échanger au sujet de leur fils en fin de journée, elle avait du mal à accepter de ne plus tout contrôler, de ne plus être la seule à avoir son mot à dire concernant son éducation.

Il n'avait pas encore évoqué le droit de visite ni le mode de garde. Elle avait préféré réduire au minimum le repas du soir qu'ils partageaient, parce que se retrouver seule avec Ross sans pouvoir le toucher ni se laisser aller au désir douloureux était une vraie torture. C'était déjà assez dur d'envisager d'avoir désormais avec lui une relation suivie.

Malheureusement, elle doutait qu'il la laisse partir sans avoir réglé ces problèmes et elle redoutait de passer cette dernière soirée à discuter de l'aspect légal de leur relation en feignant une froideur qu'elle était loin d'éprouver.

— Très bien, fiston. Et maintenant, si on songeait à vous nourrir, Rocky et toi ? proposa Ross en prenant Mac dans ses bras.

— Je voudrais de la pizza, dit l'enfant en se blottissant contre lui.

— Encore !

Mac acquiesça avec enthousiasme.

— Il va falloir demander à Elly s'il lui en reste.

Elly était le chef que Mac avait mis dans sa poche, comme les six autres membres du personnel.

— S'il te plaît ! dit l'enfant en jouant avec la chevelure de Ross comme il le faisait jusque-là avec celle de sa mère.

En voyant Ross se diriger vers elle avec leur fils dans ses bras, ses longues jambes et son torse encore ruisselants d'eau, elle se sentit traversée par une onde de désir qui lui fit prendre conscience de son échec et même d'une forme d'imposture.

Ross avait scrupuleusement observé sa demande de mettre un terme à leur relation intime en présence de Mac. Chaque soir, après avoir dîné sur la terrasse, il les escortait jusqu'au pavillon d'invités sans la toucher ni l'embrasser. Et bizarrement, elle lui en voulait de n'avoir eu aucun mal à cesser leur relation physique alors qu'elle avait tant de peine à le faire.

Son regard s'attarda sur sa peau hâlée et ses biceps qui luisaient au soleil. Une barbe légère ombrait ses mâchoires, et elle aurait adoré y passer les doigts.

Chaque nuit, elle faisait des rêves débridés dont elle se réveillait excitée et en nage. Ces derniers jours, les soucis que lui causait l'organisation de leur coparentalité avaient quelque peu émoussé son désir insatiable du début mais, dès qu'elle était près de lui, il renaissait, plus puissant que jamais. Chez lui aussi, d'ailleurs, elle le savait, car elle l'avait observé à la dérobée.

Le pire, c'est qu'elle ne pouvait plus différencier ce désir physique du sentiment qu'elle éprouvait à son égard. Au lieu de l'avoir affaibli, l'abstinence semblait encore l'avoir plus aiguisé et mué en une anxiété permanente.

— Tu autorises Mac à manger une pizza pour le dîner ? s'enquit Ross.

— S'il te plaît, maman ! intervint le petit garçon.

— Je n'y vois aucun inconvénient.

Mac poussa des cris de joie.

— Du calme, dit Ross d'une voix rauque, les yeux fixés sur le décolleté de Mel. Tu veux bien que je lui donne aussi son bain et que je le couche ?

— Pourquoi pas le faire ensemble ?

Il fallait absolument qu'elle dise à Mac que Ross était son père. Pourquoi attendre encore ? Cela n'avait rien à voir avec sa relation avec Ross. Si elle le faisait, peut-être son désir finirait-il par diminuer au lieu de grandir sans cesse.

Il acquiesça et se dirigea vers la maison, portant l'enfant dans ses bras, Rocky sur ses talons. Elle s'interdit de le regarder.

Tu dois te concentrer sur le bonheur de Mac. Et rien d'autre.

— Maman, maman, Ross a dit que, si Rocky avait un petit, on pourrait le garder. Tu es d'accord ?

Ross vit Mac se dresser sur son lit au moment où sa mère entrait dans sa chambre.

— Oh ! il a dit ça ? répondit Mel en se penchant pour serrer son fils dans ses bras.

Elle adressa à Ross un sourire crispé, et une bouffée de son parfum lui parvint. Immédiatement, une onde de désir le traversa sans qu'il puisse l'apaiser ni même l'estomper.

Plus qu'une nuit sans fermer l'œil.

Ils avaient réussi à s'en tenir à leur règle d'abstinence et, durant ces derniers jours, il s'était entièrement concentré sur leur fils, mais il n'en pouvait plus.

— Je ne crois pas que Rocky ait des petits dans un avenir proche, dit-il.

Les six derniers jours avaient été une sorte de révélation, et il était tombé sous le charme du petit garçon, même s'il avait encore du mal à croire qu'il pouvait être à l'origine de son existence. À son grand étonnement, la paternité lui avait paru beaucoup moins difficile à assumer qu'il se l'était imaginé. D'une certaine façon, c'était intense et perturbant, et l'indépendance affective qu'il revendiquait depuis si longtemps avait volé en éclats. Chaque fois qu'il prenait dans ses bras son fils, qu'il l'entendait rire, quand il voyait son petit visage s'illuminer, il ressentait une violente émotion qui ne le terrifiait plus mais le stupéfiait encore.

Ses sentiments vis-à-vis de lui étaient simples, directs et beaucoup plus faciles à reconnaître qu'à nier... Néanmoins, ceux qu'il éprouvait à l'égard de la mère de Mac étaient marqués par une ambiguïté qui avait encore grandi au cours de la semaine.

Surtout quand il la voyait lutter contre elle-même pour le laisser jouer son rôle de père.

Évidemment, il avait en permanence envie d'elle, et ses efforts pour se tenir à l'écart, surtout pendant le dîner, étaient une pure torture. Sa simple présence suffisait à le perturber. Il redevenait alors l'enfant qu'il avait été, et dont le bonheur dépendait entièrement des autres.

En la voyant prendre sur elle pour partager avec lui leur fils, en lisant sur son visage ses peurs et ses doutes, il réalisait toutes les difficultés qu'elle avait dû surmonter pour l'élever seule, et il en était bouleversé.

Maintenant qu'il ne pouvait plus la tenir dans ses bras, ses pires cauchemars avaient fait un retour en force, et il se réveillait en pleine confusion, seul et tenaillé par le désir.

— On pourra avoir un petit chien, maman ? C'est Ross qui l'a dit. Alors, on pourra ?

Carmel se détourna en riant. Depuis des jours, c'était la première fois qu'il l'entendait franchement rire et cela lui alla droit au cœur.

— On verra mais, avant que tu ailles te coucher, j'ai quelque chose d'important à te dire. Ou plutôt, nous avons quelque chose d'important à te dire, ajouta-t-elle en jetant à Ross un regard significatif.

Ce n'était pas la première fois qu'elle le regardait comme ça, et il ne l'en désirait que davantage.

Elle n'est pas à toi et elle ne le sera jamais. D'ailleurs, tu ne le voudrais pas...

— Qu'est-ce que c'est, maman ? demanda Mac au moment même où Ross disait :

— Maintenant ?

Elle acquiesça avant de se tourner vers leur fils, et prit la main de Ross. Un contact quasiment électrique.

— Tu te rappelles qu'une fois, Mac, tu m'as demandé pourquoi tu n'avais pas de papa ?

Mac fit oui de la tête. Le cœur de Ross battait à se rompre. Il ne s'était pas préparé à ça.

— Tu m'as dit que j'en avais un mais qu'il ne pouvait pas être avec moi.

La gorge serrée par la culpabilité, Ross sentit le contrôle de ses émotions lui échapper. Carmel paraissait si calme, alors que, lui, il était au bord de l'évanouissement.

— Il est avec nous, maintenant. Ross est ton papa et il voudrait désormais participer à ta vie. Il y tient beaucoup.

Les yeux de Mac s'agrandirent, brillants de joie, et son consentement instantané fit battre le cœur de Ross plus vite encore.

— C'est vrai ? demanda l'enfant, stupéfait.

Ross se pencha pour lui caresser la joue.

— Oui, c'est vrai, dit-il d'une voix qui tremblait d'émotion. Je regrette de ne pas avoir été là plus tôt.

Il tenta de se concentrer sur l'enfant plutôt que sur le vide qui se creusait dans sa poitrine.

Son fils était intelligent, tendre, brillant. Il aimait les chiens et l'eau, il était capable de dévorer une pizza entière et de charmer tous ceux qu'il croisait. Il se sentait très fier d'être son père. Alors pourquoi ce gouffre intérieur qui menaçait de l'aspirer ?

— Je peux t'appeler papa ? demanda Mac d'une voix hésitante.

— Bien sûr. Ça me fera très plaisir. Si tu en as envie, ajouta-t-il car il réalisa à cet instant qu'il n'avait jamais traité aussi familièrement son père.

Cette différence le rasséréna, même s'il avait horreur de penser à cet homme qui lui faisait si peur quand il était petit et qu'il avait méprisé en grandissant.

Carmel lui avait déjà dit qu'il n'était pas responsable des fautes de son père et elle avait raison. Il allait se battre pour gagner la confiance de son fils et le respect que son propre père n'avait jamais obtenu de lui.

Mac noua les bras autour de son cou et lui souffla à l'oreille :

— Papa, n'oublie pas, je voudrais un petit chien.

Le gouffre béant était toujours là, dans sa poitrine. Il reposa l'enfant dans son lit.

— Il faudra que nous en reparlions avec ta maman et Rocky, mais j'ai bien pris note de ta demande, répondit-il d'une voix enrouée. Et maintenant, je crois que c'est l'heure de dormir. Demain, tu vas faire un long voyage.

Il s'écarta pour céder la place à Carmel. Demain, comme ils allaient lui manquer ! Il y avait déjà réfléchi, bien sûr, mais jusque-là il n'avait pas encore réalisé à quel point ils avaient transformé cette propriété trop grande pour lui. Un peu comme son appartement de Tribeca durant la semaine où Carmel s'y était installée. Cette pensée le terrifia.

Comment avait-il pu en arriver là, renoncer à son indépendance ? Pourquoi se sentait-il si vide intérieurement ?

Il se dirigea vers la porte pour laisser Carmel s'occuper seule de l'enfant, mais au moment de sortir il entendit une petite voix ensommeillée murmurer :

— Bonne nuit, papa.

— Bonne nuit, mon fils, répondit-il avant de sortir de la maison d'invités.

Il fit quelques pas sur la pelouse qui bordait la piscine pour tenter de mettre de l'ordre dans ses pensées. En levant les yeux, il aperçut les étoiles et, à l'idée de devoir revenir en ville le lendemain sans eux, il sentit sa gorge se nouer. Il fallait qu'il échappe à cette situation, qu'il surmonte cette douleur, qu'il remplisse ce vide que Carmel avait creusé dans son cœur. Il lui en voulait d'avoir parlé à Mac comme elle l'avait fait, sans lui demander son avis ni même l'avertir.

Rocky dormait sur une chaise longue. Ross allait franchir la grille de la piscine pour aller le chercher quand il entendit la porte de la maison d'invités s'ouvrir derrière lui.

Le désir le submergea soudain. Un désir mêlé de colère, à cause de ce grand vide dans son cœur qu'il lui était impossible de combler. Il se retourna et la vit qui se dirigeait vers lui dans sa robe d'été que la brise du soir faisait flotter autour de ses jambes. Elle tenait en main le babyphone qu'elle emportait toujours quand ils dînaient tous deux le soir sur la terrasse.

— Pourquoi lui as-tu dit ? demanda-t-il sans chercher à dissimuler son irritation.

Il se sentait débordé par un maelstrom intérieur qu'il n'arrivait plus à contrôler, assorti d'une angoisse insurmontable.

— Il était grand temps de le faire, répondit-elle avec une désinvolture qui l'irrita davantage encore.

Pour elle, tout avait l'air si facile…

— Tu ne crois pas que nous aurions dû d'abord en parler ?

— Sans doute, reconnut-elle, mais il ne nous restait plus que cette soirée et nous ne pouvions plus attendre.

La dernière nuit qu'ils passeraient ici.

Le désir lui nouait toujours le ventre, mais cette fois il était simple et fondamental. Débarrassé de toutes les autres émotions et de tous les souvenirs qui le hantaient.

Il fallait qu'il la goûte une dernière fois. C'était elle qui avait proposé ce célibat forcé, et il lui avait donné raison après sa conversation avec Katie, croyant que c'était la meilleure façon ou plutôt la seule possible de créer la distance qui lui permettrait de la laisser repartir…

Mais cela s'était retourné contre lui, puisqu'il l'en désirait davantage encore.

— Ne me tente pas, Carmel, je ne suis pas d'humeur…

Elle haletait doucement. Elle aussi, elle était en proie à cette faim, à cette attirance physique irrésistible que leur chasteté forcée n'avait fait qu'intensifier.

Il la prit dans ses bras, le souffle précipité, et vit son regard s'assombrir… Il se raidit, s'attendant à ce qu'elle le repousse, mais elle releva la tête et lui jeta un regard de défi. Ses doigts agrippèrent sa chemise, et elle se blottit contre lui.

— Embrasse-moi, Ross, souffla-t-elle d'une voix à la fois provocante et tourmentée. Il ne nous reste plus que cette nuit. Pourquoi la gâcher ?

Il sentit qu'il ne contrôlait plus rien et posa ses lèvres sur les siennes, capturant son souffle. Puis il l'attira à lui pour qu'elle sente contre son sexe toute la puissance de son érection. À l'idée qu'il devrait dans quelques heures la laisser partir, son cœur se glaça de nouveau.

Mais ce soir au moins, elle serait toute à lui, il le savait.

En sentant la langue de Ross pénétrer dans sa bouche, Mel fut parcourue par une traînée de feu. Pour la première fois depuis six jours, il semblait la désirer de nouveau. Elle tenta de se concentrer sur sa propre excitation, mais la terrible vérité ne cessait de résonner dans son cœur.

Tu es tombée amoureuse de cet homme. Tu ne pourras plus revenir en arrière, maintenant. Exactement comme cette nuit-là.

— Maman ? J'ai fait un cauchemar !

Ross la lâcha si brusquement qu'elle chancela. Elle aperçut alors Mac, debout dans son pyjama sur le seuil de la maison d'invités, les cheveux en bataille, qui se frottait les yeux.

Instantanément, le désir de Mel s'apaisa. Elle redevint une mère et prit son fils dans ses bras.

— Tout va bien, mon bébé. Maman est là.

Le petit garçon la prit par le cou et enfouit le visage contre son épaule, encore presque endormi. Le cœur battant, elle le porta jusqu'à son lit où elle le recoucha tandis qu'il lui racontait d'une voix ensommeillée son terrible cauchemar où il était question d'une énorme pizza et d'un chiot qui voulait la dévorer tout entière.

Après l'avoir embrassé en lui promettant, s'ils avaient un chiot, d'en choisir un qui déteste la pizza, elle s'éloigna de son lit et vérifia le babyphone de la chambre avant de ressortir dans le jardin.

Grâce à Mac, elle avait évité de se mettre dans une situation difficile.

— Je l'aime, murmura-t-elle pour s'obliger à voir la réalité en face, malgré la peur qui la faisait trembler.

Elle referma la porte de la chambre de Mac et s'y adossa pour tenter de faire le point. Depuis six jours, plus longtemps peut-être, elle s'efforçait de nier ses sentiments pour Ross, prétendant qu'ils étaient suscités par le refoulement et son manque de confiance en elle. Mais il lui fallait bien reconnaître la vérité, même si elle lui faisait très peur.

Pourquoi tout avait-il si mal tourné ? Cette semaine, Ross s'était révélé un bon père et un homme charmant. Il n'était plus celui dont elle s'était éprise quatre ans plus tôt. Il n'avait rien de romantique, c'était un être de chair et de sang, avec ses tourments et ses peurs, comme elle. Il pouvait commettre des erreurs, subir des échecs, et désormais elle ne l'en admirait que plus. Certes, il n'avait pas forcément envie de tout partager de son passé et de son enfance, mais il s'était battu pour les surmonter, elle le savait, et c'était ce qui comptait.

Comment connaître les sentiments de Ross à son égard, et leur capacité à construire tous deux un avenir pour leur fils si elle ne lui avouait pas qu'elle l'aimait ? Sa peur devant ses propres sentiments concernait davantage l'enfant qu'elle avait été que sa relation avec Ross. Une enfant qui craignait tellement d'être rejetée qu'elle refusait même d'aimer…

Elle prit une profonde inspiration et sentit s'évanouir cette peur. Désormais, elle avait un plan. Elle revint vers la maison d'invités, et son cœur se mit à battre follement quand elle aperçut Ross debout, qui lui tournait le dos. Il tenait à la main le babyphone qu'elle avait laissé tomber dans l'herbe, et elle se souvint de son regard horrifié quand il avait découvert Mac, terrorisé par son cauchemar.

En s'approchant de lui, elle sentit son courage faiblir : il avait l'air si tendu, si lointain ! Pourquoi avait-il regardé son fils de cette façon ? Il sursauta quand elle lui effleura l'épaule, puis se tourna vers elle.

— Il s'est calmé. Tout va bien, murmura-t-elle sur un ton léger malgré ses doutes. Ross, qu'est-ce qui ne va pas ?

Où était l'homme qui l'avait embrassée si passionnément quelques minutes plus tôt, l'homme qu'elle aimait ? Celui qui lui faisait face maintenant avait tout d'un fantôme, et ses traits étaient si figés, si froids qu'elle commençait à redouter le pire.

— Rien, murmura-t-il d'une voix blanche. Je suis fatigué, et toi aussi, j'en suis certain. Je vais te faire apporter quelque chose à manger. Ta journée a été longue et, moi, je dois retourner à Manhattan de très bonne heure demain. Mais je serai là pour dire au revoir à Mac.

À peine avait-il terminé ce discours, visiblement bien préparé pendant qu'elle recouchait Mac, qu'il s'empressa de tourner les talons.

Impossible.

Elle courut derrière lui, révoltée, et le prit par le bras pour l'arrêter.

— Attends ! Qu'est-ce que tu me racontes ? s'écria-t-elle, l'estomac noué.

Ça ne pouvait pas se terminer de cette façon. Pourquoi se montrait-il soudain aussi glacial alors que quelques minutes auparavant… ?

— Je crois qu'il vaut mieux en rester là, dit-il sur un ton dénué de chaleur. Ce serait une erreur de…

— Une erreur ? répéta-t-elle, stupéfaite par ce changement inexplicable. Une erreur alors que, moi, je t'aime ?

Elle n'avait pas imaginé le lui avouer ainsi, mais sa réaction l'avait désarçonnée et lui avait fait perdre toute assurance. Elle n'avait jamais été du genre à maîtriser ses sentiments, à faire la liste des pour et des contre, méthodiquement, avant de prendre la moindre décision. Son impulsivité avait toujours été sa faiblesse, elle le savait, et elle s'était efforcée de se corriger. Mais désormais, elle ne voulait plus vivre de cette façon, en tentant de nier la réalité plutôt que de l'affronter. Elle ne supportait plus d'être lâche.

Au sujet de sa relation avec Ross, elle s'était trompée sur tout, mais maintenant elle voulait savoir où ils en étaient. Elle en avait assez de se mentir à elle-même.

Il la fixa un long moment, aussi bouleversé qu'elle par cette révélation, et elle éprouva le même désespoir qu'en lisant son fameux texto, si glaçant et si cruel. Pour s'ouvrir de nouveau à lui avec tant de sincérité, avait-elle donc oublié ce qu'il lui avait déjà fait subir ?

— Carmel, tu ne m'aimes pas. Ce que tu ressens pour moi n'est qu'une tocade qui sera vite oubliée.

Non. Et je ne veux pas l'oublier. Pourquoi ne pourrions-nous pas devenir une vraie famille ? Pourquoi tiens-tu tellement à me quitter ?

Elle aurait voulu le lui crier pour le forcer à entendre. Il n'avait pas le droit de mettre en doute ses sentiments… Mais la tristesse, tel un nuage sombre, s'était déjà abattue sur elle. Au fond, c'était sa décision à lui, pas la sienne, elle ne pouvait pas le contraindre à l'aimer, pas plus qu'elle n'avait réussi à obtenir l'amour de sa mère.

Plus elle essayerait, plus elle en souffrirait. Il fallait se montrer réaliste car, s'il ne pouvait ni l'aimer ni accepter son amour, ils n'avaient aucune chance. Elle se tut donc, refusant de se battre ou de pleurer, de mendier son amour, et le regarda s'éloigner dans la nuit.

Le lendemain, quand il se présenta à la maison d'invités pour dire au revoir à son fils, elle s'était soigneusement maquillée pour dissimuler les traces de ses larmes. Elle s'obligea à demeurer forte, calme, à ne rien montrer de son chagrin et à se concentrer sur leur petit garçon.

En embarquant à bord de l'hélicoptère de De Courtney, elle aperçut Ross, debout dans l'herbe qui faisait au revoir de la main, sa chevelure sombre flottant au vent, le visage envahi de cette barbe si drue qu'elle en gardait encore des traces sur le visage après leur unique baiser de la veille. Elle serra alors leur fils contre elle en se disant qu'il lui faudrait sans doute plus qu'un peu de fond de teint pour cicatriser la blessure qui s'était rouverte dans son cœur.

14.

— Monsieur De Courtney, la visioconférence avec notre filiale européenne va commencer dans cinq minutes.

De la fenêtre de son bureau au sommet du siège de De Courtney Corp. US, Ross contemplait à l'horizon, sans les voir, les gratte-ciel de Manhattan. Il se sentait si épuisé qu'il doutait même d'avoir l'énergie d'appuyer sur le bouton de son ordinateur, encore moins de diriger une conférence de deux heures. Cela faisait trois jours qu'il avait quitté Long Island après le départ de Carmel et de leur fils, et leurs visages le hantaient toujours. Tout comme les mots qu'elle avait murmurés : « Je t'aime »…

Sans cesse il se les répétait en silence, mais l'espoir qu'ils faisaient surgir en lui était vite anéanti par le poids de la culpabilité, du dégoût et de l'horreur, à l'idée que son fils, si jeune et si vulnérable, les ait surpris en train de s'embrasser passionnément. Ce moment avait fait resurgir en lui des souvenirs terribles, longtemps enfouis, qui ne lui étaient jusque-là réapparus que sous forme de cauchemars, et qui l'obsédaient et le terrorisaient depuis trois jours.

La voix de son père, dure et cruelle, les supplications de sa mère, ses pleurs… Comment Carmel pouvait-elle l'aimer alors qu'il ressemblait tant à son père ?

— Voulez-vous que je vous apporte un café, avant de commencer, monsieur De Courtney ?

— Non, merci, dit-il en se tournant vers son assistant personnel qui le fixait d'un air inquiet, debout sur le seuil du bureau. Ou plutôt oui, Daniel, mais pouvez-vous annuler la visioconférence ?

— Euh… Bien sûr, monsieur, répondit le jeune homme, visiblement stupéfait.

Dès qu'il eut disparu, ce dernier se retourna vers la fenêtre. Il ne pouvait plus continuer comme ça. Il avait besoin d'aide. Il était en plein brouillard et ne voyait pas comment en sortir. Et surtout, Carmel lui manquait terriblement. Elle était son unique lueur d'espoir, et penser à elle était le seul remède aux souvenirs affreux qui le hantaient.

Pourtant, il ne pouvait oublier son air horrifié, ce soir-là, et sa froideur, le lendemain matin. Elle lui avait paru si calme, si contrôlée, si dénuée de passion. Tout le contraire de la femme qu'il connaissait.

Après ce qu'il lui avait fait, comment lui demander de l'aider ? La façon odieuse dont il avait réagi à sa déclaration d'amour avait détruit tout ce qu'ils avaient pu partager auparavant.

— Monsieur de Courtney, vous avez un appel vidéo, dit Daniel en pénétrant dans la pièce avec une tasse de café à la main. Mme O'Riordan.

Carmel ?

— Votre sœur, ajouta Daniel, mettant fin à la brusque montée d'adrénaline qui venait d'envahir Ross.

Pas Carmel, Katie.

— Passez-la-moi sur mon portable, répondit-il d'une voix rauque.

Peut-être Katie saurait-elle comment réparer ce qu'il avait brisé, se dit-il en sortant son smartphone.

— Katie ! s'écria-t-il en voyant le visage familier de sa sœur apparaître sur l'écran.

— Ross ! Qu'est-ce que tu as encore fait ?

Le ton de sa voix, presque agressif, ne ressemblait en rien à sa sœur si douce et facile à vivre.

— Comment ?

— Je te parle de Carmel.

— Que se passe-t-il ? Elle est malade ? questionna-t-il, en proie à une inquiétude et une angoisse insurmontables.

— On a parlé hier en vidéo. Oui, elle est malade… du cœur. Mais dis donc, Ross, toi aussi… Tu as l'air encore plus mal qu'elle. Que s'est-il passé entre vous ?

Il y avait une telle inquiétude dans sa voix qu'une fois de plus il fut dévasté par la culpabilité.

— Elle m'a dit qu'elle m'aimait et, moi, je l'ai rejetée. Je suis un monstre. Jamais je ne pourrai réparer ça.

— Bien sûr que si. Il suffit que tu le veuilles vraiment. C'est bien le cas ?

— Oh oui ! C'est mon plus cher désir ! Mais je me suis si mal comporté…

Il aurait aimé croire Katie, mais comment vaincre des démons enracinés en lui depuis l'enfance ? Sans risquer qu'ils contaminent aussi Carmel…

— Je ne sais pas si je peux réparer, ni même si j'ai le droit de pouvoir le faire. En tout cas, Carmel, je ne la mérite pas.

— Tu es en plein délire.

Sa sœur semblait avoir confiance en lui. Comment avait-il pu la délaisser comme il l'avait fait ?

— À nous deux, reprit-elle avec conviction, je suis sûre qu'on trouvera un moyen de tout arranger.

Il n'était pas certain de réussir, mais Katie lui avait au moins donné le courage d'essayer.

15.

La limousine qui était venue chercher Carmel à l'aéroport de Heathrow franchit les grilles d'une imposante villa de Kensington, un des quartiers les plus huppés de Londres, avant de s'immobiliser dans la cour pavée.

— C'est ici ? demanda-t-elle au chauffeur qui lui ouvrait la portière.

Elle restait méfiante, mais était trop épuisée pour mobiliser la colère qu'elle avait ressentie tout au long du vol en jet privé depuis Galway. Deux jours plus tôt, elle avait reçu un texto de l'assistant personnel de Ross lui demandant de rencontrer à Londres une équipe de juristes pour discuter de son droit de visite et d'autres arrangements financiers.

Ross ne l'avait pas contactée lui-même, et elle en avait été d'abord très affectée, mais ensuite plutôt reconnaissante. Le croiser aurait été une torture, se dit-elle en sortant de la voiture. D'ailleurs, lors de leur dernière vidéo avec Mac, le dimanche précédent, il n'avait même pas mentionné ce rendez-vous. Leur échange avait été court et guindé… Un supplice… Ce qui prouvait qu'il était encore bien trop tôt pour le revoir en chair et en os.

— C'est la maison de famille des De Courtney, je crois, madame O'Riordan, déclara l'homme d'une voix incertaine.

Étrange. Elle aurait plutôt pensé que cet entretien avec

les juristes aurait lieu au siège de la compagnie. La demeure familiale de Ross ne présentait pour elle aucun intérêt, mais elle suivit le chauffeur à l'intérieur de l'imposant bâtiment géorgien. En finir au plus vite.

Cela faisait deux semaines qu'elle ne dormait plus, depuis qu'elle était rentrée de New York avec Mac. Elle s'était immergée dans le travail et concentrée sur son fils, sa méthode habituelle de survie contre l'angoisse. Mais cette crise était la pire qu'elle ait jamais dû affronter.

Pourquoi n'arrivait-elle pas à oublier cette dernière soirée où elle avait nourri l'espoir – si vite ruiné – que Ross et elle allaient enfin pouvoir fonder ensemble une famille et envisager l'avenir ? Un rêve insensé, digne de la gamine qui s'était laissé séduire dans un verger de pommiers, des années plus tôt. Maintenant, il fallait qu'elle se reprenne en main et qu'elle se confronte à la réalité… en se rappelant avec quelle dureté il l'avait rejetée.

Désormais, c'était Mac qui comptait, et sur ce sujet au moins ils pourraient s'accorder, elle le savait : elle avait entendu leur fils rire le dimanche précédent en bavardant avec son père qui l'appelait de Manhattan. Aucune raison de penser que ces juristes allaient tenter de lui imposer des conditions inacceptables. Et si jamais ils essayaient, elle était prête à appeler Conall à la rescousse.

En frissonnant, elle pénétra dans la maison qui sentait le renfermé. Le hall d'entrée, quasiment nu, lui parut plus austère et rébarbatif que l'extérieur malgré la lumière qui filtrait par la fenêtre située au-dessus de la porte, révélant des rais de poussière suspendus dans l'air.

— On m'a demandé de vous conduire jusqu'à la bibliothèque, déclara le chauffeur en lui désignant une porte à l'autre bout du hall. Je vous attends à l'extérieur.

— Très bien.

Il referma le battant derrière lui, et elle se retrouva seule dans la villa glaciale dont seul le tic-tac d'une vieille horloge rompait le silence. En proie à une irritation grandissante, elle traversa le hall. Elle avait vraiment autre chose à faire que de passer la journée dans cette maison vide ! Mais en pénétrant dans la bibliothèque, elle sentit son cœur s'arrêter de battre. Au lieu d'une équipe de juristes, il n'y avait qu'un seul homme dont la haute silhouette se découpait contre une fenêtre à meneaux. L'homme qui avait suscité en elle tant de plaisirs et de désespoir.

— Ross ? souffla-t-elle.

Était-elle encore en train de rêver ?

Il se retourna, et le cœur de Carmel fit un bond dans sa poitrine. Une douleur l'envahit, et elle se souvint des mots qu'il avait prononcés pour la rejeter, une fois de plus.

« Carmel, tu ne m'aimes pas. Ce que tu ressens pour moi n'est qu'une tocade qui sera vite oubliée. »

— Carmel, dit-il d'une voix sans timbre et étrangement hésitante en traversant la pièce.

Ses pas résonnèrent dans la bibliothèque où ne se trouvait plus aucun livre.

— Qu'est-ce que tu fais à Londres ? s'enquit-elle d'une voix calme.

Il lui parut soudain terriblement intimidant, dans son costume sombre, avec ses longues jambes, ses larges épaules et son visage si beau dont les angles lui semblaient plus aigus que dans son souvenir.

Elle fit un pas en arrière, et il s'immobilisa.

— N'approche pas, dit-elle d'une voix tremblante, en proie à l'inévitable onde de désir désormais si douloureuse. Si tu m'as fait venir ici pour me répéter que tu ne m'aimes pas, j'avais déjà bien saisi le message.

Ses yeux s'embuèrent. Comment pouvait-il encore lui rester des larmes alors qu'elle en avait déjà tant versé ? Quel manque de dignité !

— Je t'ai fait venir ici pour te montrer la maison où j'ai grandi.

Elle aurait voulu répondre que ça ne l'intéressait pas, mais les mots ne parvenaient pas à sortir de sa gorge.

— Pourquoi ?

— Parce que je veux que tu saches tout. Pour que tu comprennes ce qui s'est passé ce dernier soir, quand tu m'as dit que tu m'aimais.

Voulait-il lui faire redire qu'elle l'aimait ? Pour pouvoir la rejeter encore ? Quel était ce nouveau mystère ? Mais il avait l'air si tourmenté, si fragile, toujours hanté par les mêmes fantômes, qu'elle eut soudain envie de savoir ce qu'il avait refusé de partager avec elle.

— Je t'écoute.

— Dans cette pièce, commença-t-il en désignant les étagères vides, mon père a détruit devant moi la seule photo que je possédais de ma mère, dit-il d'une voix si inexpressive qu'elle en fut glacée. J'avais sept ans.

Elle frissonna en se rappelant que deux semaines plus tôt il lui avait parlé sur le même ton monocorde.

— C'est horrible. Pourquoi a-t-il fait ça ?

Il haussa les épaules d'un air résigné, comme si ça n'avait pas vraiment d'importance.

— Il avait décidé de m'envoyer en pension, car il était furieux que je mouille encore mon lit la nuit. J'étais en proie à des terreurs nocturnes depuis… depuis sa mort, deux ans plus tôt. Il avait peur qu'en pension je ternisse le nom de notre famille, dit-il avec un sourire tristement ironique. D'ailleurs, ça a marché, parce que j'avais encore plus peur de lui que de mes cauchemars.

— C'est horrible, Ross. Quel père abominable !

Elle aurait voulu le prendre dans ses bras pour le consoler comme Mac quand il avait un cauchemar, mais il était trop tendu, trop occupé à tenir ses démons à distance pour pouvoir parler d'eux.

Elle savait que son père l'avait terrorisé sans avoir toutefois réalisé à quel point. Deux semaines plus tôt, quand Mac était apparu de façon inattendue, après son cauchemar, elle avait préféré ignorer le regard hanté de Ross, trop appliquée à encaisser son rejet et à contenir son désir de lui dire ce qu'elle ressentait… Pourquoi ne l'avait-elle pas interrogé alors, au lieu de se concentrer sur ses problèmes à elle ?

— Si c'est trop dur pour toi de rester ici, on peut aller ailleurs, ajouta-t-elle.

Elle avait envie de partir. S'il fallait qu'il la rejette encore, qu'il lui explique pourquoi il ne pouvait pas l'aimer, elle n'avait pas envie que ça se passe dans cette maison.

— Ce n'est pas si facile, Carmel, dit-il d'une voix tremblante.

Elle acquiesça, comprenant qu'elle devait le laisser lui montrer encore tout le reste.

Il la guida hors de la bibliothèque, puis dans un escalier. Lorsqu'ils furent arrivés sur le palier, elle le vit se raidir et ses mouvements, d'habitude si fluides, se firent plus saccadés. Il s'immobilisa sur le seuil de la première porte à gauche. Au milieu de la pièce se dressait un énorme lit à baldaquin couvert d'un drap poussiéreux. Il hésita avant de prendre une large inspiration.

— Mes terreurs nocturnes sont nées ici, quand j'ai vu mourir ma mère et son bébé. D'après le psychiatre, c'est aussi ici que j'avais dû voir mon père la violer neuf mois plus tôt.

— Mon Dieu ! s'écria Carmel en se couvrant la bouche de ses mains tandis que Ross enfonçait les siennes dans ses poches pour les empêcher de trembler.

Une larme roula sur sa joue, et elle tourna vers lui un visage plein de compassion. La nausée lui tordait l'estomac, mais il fallait qu'il continue à parler, il le savait. Il le lui devait. Il se força donc à suivre l'avis du thérapeute qu'il avait consulté une semaine plus tôt, sur les conseils de Katie.

« Vous n'êtes pas responsable de sa mort, Ross. Mais ce que vous avez vu faire à votre mère aurait traumatisé n'importe qui – à plus forte raison un enfant de cinq ans – et c'est de cela que nous devons nous occuper. »

Il lui devait la vérité sur ce fardeau qui lui pèserait toujours et sur l'hérédité qu'il portait comme une croix.

— Elle aimait bien dormir avec moi, sans doute pour l'empêcher de venir la retrouver. Une nuit, je me suis réveillé et je l'ai vu au pied du lit qui la violentait. Elle criait, mais il a continué…

Il ne put continuer, en proie à une vision qui le terrifiait encore.

— Ross, dit-elle en lui agrippant la main, c'est donc pour cela que tu as paniqué quand Mac s'est réveillé et nous a vus en train de nous embrasser ?

— Je… je suppose. Ça m'a ramené en arrière, mais… À ce moment-là, j'avais tellement envie de toi que, même si tu me l'avais demandé, je ne sais pas si j'aurais pu me contenir. Elle le suppliait d'arrêter, et il ne l'a pas fait ; alors je ne supporte pas l'idée que j'aurais pu… que Mac aurait pu voir le même monstre…

— Ross…, dit-elle au bord des larmes, en lui caressant doucement la joue, ce que Mac a pu voir, en admettant qu'il ait vu quoi que ce soit, c'est un baiser échangé par deux adultes consentants, et ça n'a rien à voir. De toute façon, tu m'as lâchée si brusquement que j'ai même failli tomber.

Elle lui sourit, et cette pointe d'humour réchauffa son cœur qui s'était glacé dès qu'il avait pénétré dans la pièce.

— Peux-tu me dire comment elle est morte ? demanda-t-elle.

Il aurait préféré ne pas en parler, mais c'était plus facile maintenant qu'il savait qu'elle ne lui reprocherait rien, contrairement à lui qui avait tant culpabilisé pour les crimes de son père.

— Je n'étais pas censé être là. Personne ne m'avait vu, ils étaient trop occupés à tenter de la sauver, mais ses cris m'ont réveillé…

— Tu n'es pas obligé de tout me raconter.

— Je veux le faire, répondit-il, sachant que ce n'était pas de la pitié qu'il lisait dans son regard mais de la sympathie. Je veux que tu saches ce que j'ai enduré parce que… je continue à faire des cauchemars. Ils sont revenus quand j'ai appris que j'avais un fils et ils ont encore empiré depuis que j'ai quitté Long Island.

— Pourquoi ne m'as-tu rien dit, Ross ?

— Parce que j'avais honte.

Elle lui prit le poignet pour l'obliger à sortir la main de sa poche, et entrelaça ses doigts aux siens. Ce contact fut comme un baume qui lui permit de se détendre un peu.

— C'est pour cette raison que tu as exigé cette vasectomie ?

Il acquiesça. Bizarrement, il n'avait jamais fait le rapprochement.

— Certainement, mais tout était si confus, dans mon esprit. Il se trouvait là dans la pièce, demandant qu'on sauve le bébé. C'était un garçon, un autre héritier mâle, et je suppose que c'est pour cette raison qu'il l'avait violée. C'était sa priorité. Transmettre l'héritage et le nom des De Courtney.

Sa respiration devint plus hachée, mais elle serra sa main dans la sienne, rassurante, puissante, et la vision d'horreur s'évanouit.

— Donc tu t'es fait stériliser très jeune pour ne jamais infliger à une femme ce que ta mère avait subi. Tu vois bien que tu es très différent de lui.

— Oui, mais c'était perturbant car j'ignorais si ça avait marché ou pas.

— Non, Dieu merci, sinon jamais Mac ne serait venu au monde.

Il ressentit soudain une impression de soulagement, de légèreté qui le stupéfia. Elle venait de le délivrer d'un poids qui l'accablait depuis trop longtemps.

Il la guida hors de la chambre dont il claqua la porte derrière eux, comme s'il la refermait sur son passé. Cette horreur existerait toujours, il le savait, mais elle ne pourrait plus jamais le dominer. Pourtant, il lui restait encore un effort à faire.

— J'ai parlé à Katie, il y a dix jours, et je lui ai tout raconté. Elle m'a suggéré d'aller consulter un psychiatre. J'ai déjà fait deux séances et… mes cauchemars ne vont pas disparaître de sitôt.

Bizarrement, après cet échange avec Carmel, il avait déjà l'impression d'avoir commencé à tourner la page. C'était une chose d'identifier ses démons et une autre de les vaincre, et elle l'avait déjà tellement aidé… Il avait même réussi à rire dans une pièce qui l'emplissait de terreur. Jamais il n'aurait cru que ce serait possible.

— Je suis tellement désolée, Ross, dit-elle. L'autre soir, j'aurais dû te demander pourquoi tu avais eu si peur, mais je t'ai accablé avec mes propres sentiments alors que tu avais tant de mal à canaliser les tiens. Je me suis comportée de façon égoïste et immature…

— Arrête, Carmel, ce n'est pas vrai ! Tu as été honnête, voilà tout. Et moi, au lieu d'être aussi franc avec toi, j'ai voulu me protéger. Bêtement.

— Mais, Ross…

Elle le contempla avec dans les yeux cette lueur qui l'enchantait et le terrifiait à la fois, et soudain il comprit. Elle l'aimait encore. Elle n'avait pas changé d'avis, même après avoir découvert le côté le plus sombre de sa personnalité.

Il mit un genou à terre et prit ses mains dans les siennes.

— Ross, que fais-tu donc ?

— Ce que j'aurais dû faire il y a deux semaines, répondit-il en ravalant sa peur. Quand tu m'as dit que tu m'aimais.

— Mais…

— Chut ! C'était déjà dans mon cœur. Je t'aime et j'aime notre petit garçon. Et je voudrais vraiment t'épouser.

Les yeux bleus de Carmel s'élargirent. Sa bouche s'ouvrit, puis se referma.

— Tu aurais sans doute préféré attendre que j'aie avancé dans ma thérapie, reprit-il, mais j'envisage de m'installer à Galway et d'y acheter une maison près de Mac et toi pour que nous commencions à…

— Non ! s'exclama-t-elle.

Non ? Le cœur de Ross bondit dans sa poitrine mais, avant qu'il ne soit envahi par la panique, elle reprit :

— Non, je ne veux plus attendre, dit-elle en l'obligeant à se relever. Nous avons assez attendu, et Mac aussi. Et pas besoin d'acheter une maison, puisque j'en ai déjà une et que nous pouvons la partager. Il n'y a que deux chambres et c'est sans doute un peu petit, mais…

— Tais-toi, Carmel, je me moque de la maison, du moment que vous y vivez, Mac et toi… Et Rocky aussi, bien sûr.

— Et tous ses petits.

— Oui, et nous serons enfin chez nous !

Elle le prit par les épaules, se blottit dans ses bras et l'embrassa passionnément.

De tout son cœur, il lui rendit son baiser, et une onde de chaleur le traversa, aussi forte et puissante que le bonheur qui l'enveloppait.

— Et maintenant, dépêche-toi de nous trouver une autre chambre ! On ne va quand même pas sceller notre contrat dans ce hall !

Ils roulèrent pourtant sur le sol, ivres de bonheur.

Épilogue

Un an plus tard

La foule fit silence, et les accords de la marche nuptiale retentirent dans la chapelle de Kildaragh. Debout face à l'autel, Ross imagina le cortège qui remontait l'allée derrière son dos, là où, un an plus tôt, il avait tenté de s'opposer au mariage de sa sœur.

Accordée au rythme des battements de son cœur, la mélodie celtique qu'avait choisie Carmel pour faire son entrée retentit.

Un an. Douze longs mois. Apparemment, elle et lui ne donnaient pas le même sens à l'expression « ne pas attendre ». Mais dans quelques minutes, cette longue attente prendrait fin.

Carmel avait insisté pour que tout soit fait dans les règles. Il avait donc fallu attendre la naissance du bébé d'Immy et de Donal, Ronan, puis celle de la fille de Katie et de Conall, Caitlyn, et on était arrivé à Noël. Puis il avait dû faire construire une maison pour y installer le siège de sa compagnie et sa famille. Après avoir supporté ces retards avec constance et courage, il avait fini par demander à Katie d'organiser leur mariage et d'accélérer le processus. Cela avait quand même pris une année complète.

— Papa, maman arrive, chuchota son fils et garçon

d'honneur – avec ses boucles blondes et son costume, il était particulièrement craquant.

Malgré sa nervosité, Ross sourit en le voyant prendre par le cou son fidèle compagnon, Rocky.

— Elle est belle, reprit Mac.

Il se retourna, et son cœur se mit à battre la chamade. Avec ses cheveux roux relevés en chignon et parsemés de fleurs, et sa robe de soie crème qui soulignait ses courbes, Carmel remontait l'allée au bras de son frère. La mère de Mac n'était pas simplement belle, elle était superbe.

Katie et Imelda suivaient, rayonnantes dans leurs tenues de demoiselles d'honneur, tandis que Donal, au premier rang, tenait dans ses bras Ronan tout en surveillant Caitlyn, endormie dans son couffin.

Conall prit la main de Carmel pour la donner à Ross avant de s'éclipser avec un clin d'œil. Durant l'année écoulée, ils étaient devenus amis, presque frères, liés par les embûches de leur nouvelle paternité et par leur choix de deux compagnes au caractère bien trempé.

Ross prit la main tremblante de Carmel dans la sienne. Elle lui sourit, les yeux brillants des larmes que faisaient naître l'intensité et la solennité du moment. Ce soir, ils seraient enfin une famille, dans tous les sens du terme, devant Dieu et les hommes.

— Tu as fini par arriver enfin, chuchota-t-il.

— N'aie crainte, tu n'es pas près de te débarrasser de moi, ni de Mac ! répondit-elle en riant.

— N'aie crainte toi non plus, j'ai bien l'intention de vous faire tenir votre promesse. Définitivement.

Mac se nicha entre eux, brandissant l'anneau d'or blanc que Ross lui avait remis dix minutes plus tôt, et cria :

— Est-ce que Rocky et moi on doit te donner la bague maintenant, papa ?

Toute l'assemblée éclata de rire.

— Je vous déclare mari et femme. Ross, vous pouvez embrasser la mariée, dit le père Meehan.

Ross écarta le voile de Carmel, et des applaudissements montèrent jusqu'au toit de la vieille chapelle. Conall souleva dans ses bras Mac qui poussait des cris de joie, Rocky aboyait, tout excité, et un bébé – sans doute la pauvre Caitlyn réveillée par tout ce fracas – se mit à pleurer. Carmel sentit des confettis atterrir sur ses joues, mais elle ne voyait que l'amour qui dansait dans les yeux de Ross, exactement comme il dansait dans son propre cœur.

Il prit son visage entre ses mains et posa la bouche sur la sienne. Elle laissa échapper un petit sanglot, et le baiser se fit plus passionné encore quand elle sentit sa langue se glisser contre la sienne. Elle l'embrassa en retour avec la même fougue.

Oubliant les applaudissements, les aboiements et les pleurs des bébés, elle n'entendit plus que les battements précipités de son cœur. Puis son mari s'écarta pour reprendre son souffle, et elle se mit sur la pointe des pieds pour lui murmurer à l'oreille :

— À propos, il faut que je te dise, dans environ sept mois, ce n'est plus seulement à Mac, à Rocky et à moi que tu seras enchaîné pour l'éternité.

Ross écarquilla les yeux et la prit par la taille, le visage empreint d'une émotion qu'il ne cherchait plus désormais à lui cacher. Confusion, surprise, choc, émerveillement… et une joie non dissimulée.

Puis il la souleva dans ses bras et la fit tourbillonner, la tête basculée en arrière pour ajouter encore à l'effervescence de ce vrai mariage irlandais.

Inutile de dire qu'il leur fallut une éternité pour calmer le chien et leur fils, et leur annoncer à eux aussi cette merveilleuse nouvelle.

Vous avez aimé *Inoubliable passion* ?
Retrouvez en numérique l'histoire de Katie et Connall
dans *La proposition d'un Irlandais*, de Heidi Rice.

Retrouvez prochainement,
dans votre collection

AZUR

L'échappée d'une fiancée, de Caitlin Crews - N°4521
C'est la veille de Noël. Loin d'avoir le cœur en liesse, Timoney est désespérée. Dans quelques heures, elle devra épouser un homme qu'elle n'aime pas. Alors qu'elle songe à Crete Asgard, le seul qui l'ait jamais fait vibrer, le voilà qui surgit dans les jardins du domaine familial, en pleine nuit… pour l'emmener avec lui ! Prête à tout pour échapper à son destin, et même à oublier que Crete l'a jadis abandonnée, elle accepte de le suivre…

Un contrat si tentant, de Melanie Milburne - N°4522
« Cet argent est à toi si tu acceptes d'être ma femme pendant six mois. » Médusée, Élodie écoute Lincoln Lancaster poser les conditions d'un contrat hors norme. L'homme qui a toutes les raisons de la détester est aussi le seul capable de l'aider à créer sa propre marque de vêtements ! Si elle est pressée de tourner le dos à sa carrière de mannequin lingerie, qui lui a valu une réputation scandaleuse, Élodie peut-elle pour autant faire confiance à Lincoln ?

Un château pour refuge, de Kali Anthony - N°4523
Mis au ban de la haute société italienne, le comte Stefano Moretti s'est muré dans son château, résolu à réparer les torts qui ont ruiné le nom de sa famille. L'arrivée inopinée d'une voyageuse n'est donc pas une distraction qu'il peut se permettre ! Pourtant une tempête de neige fait rage, et Stefano n'a d'autre choix que de proposer l'hospitalité à la douce Lucy. Tandis que le froid sévit dehors, la température monte entre Stefano et son invitée…

Un Noël avec lui, de Donna Alward - N°4524
En cette veille de Noël, l'hôtel Sandpiper s'est paré de lumières. L'atmosphère y est féerique, et c'est un plaisir pour Tori d'y travailler chaque jour. Du moins, jusqu'à ce que Jeremy Fisher y fasse irruption un beau matin. Cet homme, avec lequel elle a vécu une idylle passionnée quatre mois plus tôt, a gardé le pouvoir de la troubler d'un seul regard. Or, s'il ne lui a jamais rien promis d'autre qu'une liaison sans engagement, il est maintenant sans le savoir le père du bébé qu'elle attend…

Exquises nuits d'hiver, de Dani Collins - N°4525

La résolution de Becca pour le nouvel an ? Divorcer ! Voilà quatre ans qu'elle n'avait pas remis les pieds au Canada, dans le chalet où Donovan et elle se sont tant aimés. Se retrouver au milieu des montagnes scintillantes de flocons, avec lui, la bouleverse. Tandis que les souvenirs refont surface, le désir renaît entre eux, plus vif qu'autrefois. Un désir qu'une tempête de neige les invite bientôt à explorer, encore et contre toute raison…

Neuf mois de séduction, de Cathy Williams - N°4526

Depuis l'enfance, Jessica éprouve pour son ami Curtis bien plus que de la tendresse. Un regard de lui suffit à la bouleverser tout entière. Jamais elle n'aurait dû accepter de l'accompagner à un mariage à Courchevel pour jouer le rôle de sa petite amie. Quatre jours – et quatre nuits – passés ensemble dans un palace entouré de neige leur ont fait perdre la raison. Et Jessica doit maintenant en assumer les conséquences…

Passion à Paris, de Liz Fielding - N°4527

Autrefois, Chloé a follement aimé James Harrington. Dans ses bras elle a oublié le destin tracé pour elle par sa famille. Durant quelques mois, leurs cœurs ont battu à l'unisson tandis qu'elle connaissait auprès de lui un bonheur sans nuages. Quel choc de le retrouver aujourd'hui à Paris, la ville illuminée pour Noël qu'ils avaient rêvé de visiter ensemble ! S'ils se sont séparés dans des circonstances douloureuses, Chloé ne peut s'empêcher de se demander si ces retrouvailles inattendues ne sont pas l'occasion pour James et elle de s'offrir une seconde chance…

L'enfant secret d'une innocente,
d'Elisa Marshall - N°4528

SÉRIE : *LES MILLIARDAIRES DE GREY MANOR* - 1/3

Il a… un fils ? Sous le choc, Estéban Samaras tente d'assimiler la nouvelle. Dix ans plus tôt, tandis qu'il fuyait Grey Manor avec ses frères, son premier amour, la douce Anna, l'a trahi en renonçant à le suivre. Et voilà qu'il découvre qu'elle a eu un enfant de lui ! Bouleversé et furieux, il se résout à quitter la Grèce et son île pour retourner dans le village où ils se sont aimés, avec deux objectifs en tête : revendiquer sa paternité et exiger d'Anna qu'elle honore enfin la promesse qu'elle lui a faite jadis de l'épouser !

L'héritière d'un scandale, de Joss Wood - N°4529

SÉRIE : *SCANDALE EN AFRIQUE* - 3/3

Lorsque Roisin découvre qu'elle est l'unique héritière des richissimes Tempest-Vane, elle panique. Institutrice en maternelle, elle ne connaît rien au monde dans lequel elle est brusquement projetée ! Que faire de cette fortune, de toutes ces propriétés tombées du ciel ? Un élément de réponse lui arrive quand Muzi Miya-Matthews, le meilleur ami de son frère, se propose de lui racheter le vignoble de Saint-Urban. Si elle est soulagée à l'idée de vendre une partie de ses biens, elle se méfie. Quel secret recèlent donc ces terres pour que le milliardaire s'y intéresse en particulier ?

Dans les bras de Dante King, de Louise Fuller - N°4530

Marchande d'art, Talitha de Sainte-Croix Hamilton est fière d'avoir été choisie pour conseiller un grand collectionneur. Ce qu'elle ignore encore, c'est que le milliardaire secret n'est autre que Dante King. Dante, qu'elle a aimé avec passion autrefois avant de comprendre qu'il se servait d'elle et de son nom ! Furieuse de ne pas être immunisée contre le charisme de son ex-fiancé, Talitha se résout néanmoins à travailler avec lui…

Amoureuse de son amant, de Chantelle Shaw - N°4531

Un petit secret honteux. Voilà tout ce que Marnie est aux yeux de Leandro Vialli, elle en est persuadée. Car, s'il se montre particulièrement passionné en tant qu'amant, il devient froid et distant dès qu'ils quittent la chambre à coucher. Jamais le richissime homme d'affaires ne la convie aux soirées mondaines auxquelles il assiste. Jamais il n'évoque l'avenir avec elle. Or, si Marnie a accepté d'être sa maîtresse pendant un an, il n'est désormais plus question pour elle de se contenter de ce rôle humiliant. Non seulement parce qu'elle aime Leandro depuis le premier jour, mais aussi – et surtout – parce qu'elle attend aujourd'hui un enfant de lui…